希腊神话故事

肖维玲 主编

山东大学出版社
SHANDONG UNIVERSITY PRESS
·济南·

图书在版编目（CIP）数据

希腊神话故事 / 肖维玲主编. -- 济南 : 山东大学出版社, 2025. 6. --（快乐读书吧系列丛书 / 肖维玲主编）. -- ISBN 978-7-5607-8847-0

Ⅰ. I545.73

中国国家版本馆 CIP 数据核字第 2025MF0228 号

责任编辑　孙艳凤
文案编辑　孙婷婷
封面设计　李文静

希腊神话故事
XILA SHENHUA GUSHI

出版发行　山东大学出版社
社　　址　山东省济南市山大南路 20 号
邮政编码　250100
发行热线　(0531)88363008
经　　销　新华书店
印　　刷　天津联城印刷有限公司
规　　格　710 毫米 ×1000 毫米　1/16
　　　　　9.75 印张　195 千字
版　　次　2025 年 6 月第 1 版
印　　次　2025 年 6 月第 1 次印刷
定　　价　35.00 元

《希腊神话故事》导读

古希腊文化是西方文明的摇篮，希腊神话则是古希腊文化的重要组成部分。它们不是由某个人独立创作出来的，而是古希腊各部落、各城邦流传下来的故事的总和。慢慢地，这些故事被整理成文字，流传到世界各地。

希腊神话故事可以分为诸神故事和英雄传说两部分。在这些故事里，有各司其职的神祇，有性格鲜明的英雄，还有许多奇妙的冒险。现在，就让我们翻开这本书，走进神话的世界，一起感受希腊神话故事的魅力吧！

希腊神话是如何诞生的

世界各地区的神话，大多诞生于人类的童年时期。

那时的人们，对世界充满了惊奇和未知：我从哪里来，死后归于哪里？日月星辰从哪里升起，又在哪里落下？为什么庄稼有时丰收，有时歉收？为什么大地和海洋有时平静，有时又会山摇地动、巨浪滔天？那些古老的文明，对这些问题给出了相似的答案：是神创造了世界和人类，自然变化的背后，也是神的意志在操控。人们只能用神的力量来解释世间难以理解

的现象，于是，神话应运而生。

想知道希腊神话何时诞生，就要先追溯希腊文明的源头——爱琴文明。

很久很久以前，爱琴海地区的克里特岛上诞生了一个古老的青铜文明，人们把它称作“克里特文明”（也叫“米诺斯文明”），距今已经至少有 4000 年的历史了。在神话中，神王宙斯和美丽的公主欧罗巴有个儿子，名叫米诺斯。后来米诺斯成了克里特岛的国王。在这一时期，发生过一场著名的大战——特洛伊战争，古希腊最伟大的作品《荷马史诗》就讲述了这场战争的全过程。

希腊神话大致就是在这个时期诞生的，不过那时候还没有用文字记录下来，所有的故事都是靠人们代代口耳相传得以保留。我们今天看到的希腊神话故事，是后人根据各种古希腊典籍整理、编撰出来的。

希腊神话的特点

① 希腊神话中的神外表同人一样，性格和行为也与人极为相似。希腊诸神虽然高居天界，却拥有人类的七情六欲。他们热爱美好，富有牺牲精神，却也自私、善妒、攀比、记仇。神虽然可以永生，更俊美、矫健、有力，思维方式却无限接近于人，他们既是人类原始欲望和冲动的化身，也是人的理想化对象。

② 希腊神话与其说是神的赞歌，不如说是人类精神的映照。希腊神话充分肯定人的价值和尊严，肯定现实生活，诸神和英雄也会追逐现实中的功勋、财物、爱情等。他们反抗命运的过程，更加凸显了人性的崇高和伟大。

③ 乐观进取的冒险精神。希腊神话诞生的土壤——古希腊文明，是典型的海洋文明，人们依赖海外贸易，自然也形成了积极乐观、开放进取的民族性格。希腊神话中的诸神与英雄，都显得英姿勃发、活力满满。故事中有大量海外冒险的经历，从伊阿宋的阿尔戈号航行，到赫拉克勒斯经历十二场试炼获取神格，再到希腊联军远征特洛伊……希腊英雄都以冒险为荣，谱写了一部部探索世界的壮丽史诗。

希腊神话与中国古代神话的异同

1. 相似点

- 都曾在原始社会长期口耳相传，后来被整理成文字。
- 都是多神信仰，融合了不同地区崇拜的神祇。
- 部落首领与英雄常常被神化，人与神的界限比较模糊。
- 都由多部典籍组合而成，流传过程中，神的形象随着现实的需要不断改变。

2. 不同点

特点	希腊神话	中国神话
神的形象	俊美、强大，但道德上并不完美	崇高、无私，是理想人格的体现
神与人的关系	常有对抗，神明摆弄人的命运	和谐相处，神为人类解决困难
情节主题	强调斗争、冒险和与命运抗争	注重教化、协调与自然和谐

- 希腊神话中的神，崇高之处在于容貌俊美、体格健壮、无所无能，没有道德上的规束，拥有人的七情六欲；中国神话的神，崇高之处在于舍己为人、无欲无求，在道德上往往是完美无瑕的，是对理想人格的反映。
- 希腊神话中，神与人的关系具有对抗性，神常常摆弄人的命运，可以因为人类的“不敬”，就施加洪水、瘟疫、战争这样的惩罚；中国神话中，神与人关系和谐，神是人类的保护者，女娲补天、神农尝百草、燧人氏钻木取火等都是如此。

希腊神话有哪些影响

神话与宗教密不可分，希腊诸神是古希腊各部落和城邦崇拜过的神祇。城邦衰落之后，希腊神话作为宗教工具失去了意义，但作为人类宝贵的文化遗产，它具有永恒的影响力。

1 思想的根基

神话反映了原始社会人们的心理活动和社会生活。阅读希腊神话，能帮助我们了解古希腊人的宇宙观和世界观，了解古希腊人的性格、喜恶和信仰，神话是我们理解先民思维方式的重要载体。

2 文学的母题

许多西方名著取材于希腊神话，如但丁的《神曲》，乔伊斯的《尤利西斯》，加缪的《西西弗神话》等。了解希腊神话，对我们阅读西方文学作品，欣赏了解其他西方文化大有裨益。

3 艺术的源泉

古希腊的雕塑、陶瓶绘画、建筑，多数有神话元素，如帕特农神庙、雕塑《米洛斯的维纳斯》、雕塑《萨莫色雷斯的胜利女神》等。文艺复兴时期的画家也喜欢从希腊神话中汲取灵感，如波提切利的《春》和《维纳斯的诞生》。

4 哲学的渊源

希腊神话对哲学思想的诞生有启发作用，西方著名的思想家柏拉图、苏格拉底都用希腊神话中的概念阐述自己的哲学思想。哲学家尼采《悲剧的诞生》一书中“日神精神”和“酒神精神”的概念，也是由希腊神话中的太阳神阿波罗和酒神狄俄尼索斯演化而来。

如何阅读《希腊神话故事》

1 看导读

通过阅读导读，对希腊神话有一个整体性的认识。

2 读故事

希腊神话主要由多个故事串联而成，可以先当作故事书来读，梳理故事情节。在阅读过程中，注意叙事文的几大要素：时间、地点、人物、起因、经过、结果。

3 记人物

希腊神话人物众多，关系复杂，需要着重梳理积累。欣赏艺术形象，要能够说出人物的名字、性格特征和主要经历。

4 讲故事

讲述能帮助我们内化理解、加深记忆。可以向身边的人讲一讲你印象最深的场景和人物，说一说自己的感受。

5 作比较

与《中国古代神话故事》《世界经典神话与传说故事》进行比较阅读，感受不同文明创造的神话有哪些共性和差异。

光辉灿烂的奥林匹斯山，
迷宫般的克诺索斯王宫，
高大巍峨的忒拜城……
在神话中，它们永不褪色。
屠龙的德摩斯，
夺取金羊毛的伊阿宋，
除掉九头蛇的赫拉克勒斯……
在故事中，他们永不老去。
打开这本书，与古希腊人对话，
再一次重温人类童年时期的浪漫与想象吧！

目录

神界大战

故事要从宇宙诞生之时讲起。

那时的世界仿佛一团昏暗的浓雾，只有无边无际的虚无。但它总是不安地翻腾着，涌动着，似乎有什么东西正在孕育，想要突破这片黑暗。终于，混沌(hùn dùn)中一口气诞生了五位大神，他们分别是大地女神盖亚，深渊神塔耳塔罗斯，黑暗神厄瑞玻斯和黑夜女神尼克斯，以及原始爱神厄罗斯。伴随着他们的诞生，世界也逐渐成形并运转起来：大地承载(zài)生命，黑夜推动时间的流逝，生灵们在大地上繁育、生活，他们死后，灵魂便穿越地下的黑暗，永远停留在深渊(yuān)之中。

提问

希腊先民以神话解释宇宙的诞生，这与中国古代神话有异曲同工之处，你能说一说我国有哪些创世神话吗？

然而，世界依然单调无趣，大地女神盖亚便独自孕育了许多神明，她创造了天空、山川和海洋，希望能为世间增添更多的生机与活力。天神乌拉诺(nuò)斯就是这时从她的指尖飞出的。他们结为夫妻，从此，天与地便融为一个整体，万物都在天地之间诞生。

他们先后生下了十二个泰坦巨人、三个独眼巨人和三个百手巨人。但乌拉诺斯生性残暴，他沉迷于制造神明，却很讨厌孩子。仅仅因为不喜欢独眼巨人和百手巨人的长相，他就把他们关进了深渊。

盖亚越来越痛苦，眼看着孩子们被乌拉诺斯迫害，她终于无法再容忍天神的暴行了。她唤来泰坦，请求他们和自己一起反抗这个残暴的父亲。但这些可怜的孩子一直生活在父亲的阴影之下，他们甚至不敢说出自己的不满，更别提奋起反抗了。最后，只有小儿子克洛诺斯挺身而出，愿意对抗父亲的压迫。

盖亚准备了精致的宴(yàn)席，用美酒将乌拉诺斯灌醉。等他沉沉睡去，克洛诺斯便用母亲赠予(yǔ)的利刃狠狠刺向他的要害。轰然一声巨响，被暗算的乌拉诺斯与盖亚分离开，从此成为高悬于大地之上的天空，永远不再返回地面。怒火扭(niǔ)曲了乌拉诺斯的面孔，他留下一句恶毒的预言："克诺洛斯，总有一天，你也会被自己的孩子背叛(pàn)！"

克洛诺斯成了新的神王，他和女神瑞亚结为夫妻，很快有了自己的孩子。但父亲的诅咒(zǔ zhòu)终日回荡在他的脑海。看着怀孕的妻子，恐惧(jù)和担忧在克洛诺斯的心头蔓(màn)延，时时刻刻折磨着他。为了永绝后患(huàn)，他变得比自己的父亲更加残忍，竟然把刚出生的孩子直接吞进了肚子里。瑞亚想尽办法，却还是一次又一次地失去了自己的孩子，她对丈夫的怨(yuàn)怒也越来越深。等第六个孩子出生的时候，她终于找到机会，用石头调换了襁褓(qiǎng bǎo)中的婴儿，从克洛诺斯口中救下了他。

这个幸运的孩子就是宙斯。瑞亚偷偷把他送去克里特岛，并拜托祖母盖亚照顾他。为了哺(bǔ)育宙斯，盖亚还专门找来了山羊阿玛尔忒(tè)亚，她用从羊角中流出的珍贵仙露喂养小婴儿，让他变得一天比一天高大、健壮。

从祖母那里，宙斯得知了父亲是多么残暴。于是，他决定向父亲宣战，结束这场吞吃亲子的惨(cǎn)剧。可是克洛诺斯实在太过强大，身强力壮的宙斯虽有一腔(qiāng)热血，却不知道怎样才能战胜他。年轻的神明思索(suǒ)着，他认为自己的力量还是太过单薄，必须找来强大的助手才行。但除了他，世间又有谁敢反抗强大的天神呢？

最后，苦恼的宙斯决定向智慧女神墨提斯求

助。墨提斯虽是克洛诺斯的姐姐，却也很不满天神的残忍，便决定帮助宙斯成为新的神王。她微笑着对宙斯说：“克洛诺斯的肚子里不是还有你的哥哥姐姐吗？他们也是神明，拥有永恒的生命，只是被暂时困住了而已。只要能救出他们，你就有强大的助手了。”

机敏的女神很快就调制出催吐药，她带着宙斯来到神宫，骗天神喝了下去。克洛诺斯立马呕吐起来，先是吐出了一块大石头，接着又吐出了宙斯的哥哥姐姐们。没等他缓(huǎn)过神来，兄妹六人就一起把他丢出了神宫。

克洛诺斯很快就恢(huī)复了，他迅速联合其他的泰坦巨人和他们的子女，要将这六兄妹彻(chè)底消灭。在乌拉诺斯和盖亚化为天地之后，泰坦巨人就是世间最强大的存在，而克洛诺斯不仅拥有强大的力量，还具备丰富的作战经验和深沉的谋略(móu lüè)。他让最为健壮的巨人阿特拉斯担任先锋，对六兄妹轮番(fān)发动猛烈的进攻。而六兄妹也不甘示弱，他们联合了所有能找来的帮手，奋力抵(dǐ)抗着巨人们的攻势。一时间，神界分为了两大阵营，泰坦巨

人和他们的后代都不愿意被新神统治，于是双方展开了漫长而血腥(xīng)的对抗。

但泰坦巨人中也有例外，善良聪慧的普罗米修斯预见了未来，便和弟弟厄庇(bì)墨透斯一起加入了宙斯的阵营。眼看宙斯就要抵挡不住，普罗米修斯便提醒他，深渊之中还关押(yā)着独眼巨人和百手巨人，他们都是锻(duàn)造冶(yě)炼(liàn)的高手，拥有和泰坦巨人一样强大的力量。更重要的是，因为克洛诺斯的压迫，他们和泰坦巨人有很深的仇怨，只要能得到他们的帮助，定能扭转战局。

宙斯立刻设法释放了深渊中的巨人们。为了报答他，巨人们为宙斯和他的兄弟们打造了强大的武器，并亲自披挂上阵，成为他们强有力的援军。宙斯轻轻挥动着他的新武器——雷电权杖(zhàng)，只听天地间顿时雷声轰鸣，无数道闪电劈(pī)下，瞬间打乱了泰坦巨人的阵势。耀眼的电光刺瞎了泰坦巨人的眼睛，他们惊慌无比，纷纷四处逃窜(cuàn)，却被百手巨人们牢牢抓住，挣脱不能。最后，宙斯将泰坦巨人全部打入了塔耳塔罗斯深渊的最深处，让百手巨人日夜看守着他们。至于最强壮的阿特拉斯，宙斯则把他发配到了世界的尽头，惩(chéng)罚他用肩膀扛起整个天空，永远不能放下。

就这样，六兄妹成了最初的奥林匹斯山神，宙斯被推举为新的众神之王。吸取了父亲的教训，宙斯重新分配了众神的权力，并先后与六位女神联姻，孕育了无数儿女，建立了稳固的统治。最后，他迎娶了天后赫(hè)拉，两人共享着神界的至高权力。海神波塞(sài)冬统治着海洋，冥(míng)王哈迪斯则主管着冥界与地狱(yù)。二姐农神德墨忒尔掌管着人类的农业，三姐灶(zào)神赫斯提亚则守护着人间的炉灶与家庭。

为了报恩，独眼巨人为他们修建了恢宏(hóng)的神殿(diàn)，众神一起居住在希腊最高的奥林匹斯山上。他们各司其职(zhí)，守护着脚下的土地，为世间带来光明与和平。

雅典娜的诞生

智慧女神墨提斯是宙斯的第一任妻子。在对抗克洛诺斯的大战中，她大显神通，为六兄妹贡献了不少计谋和策(cè)略。这位女神无所不知、无所不晓，她总是带着狡黠(jiǎo xiá)的笑容，用巧妙的诡(guǐ)计解决难题。年轻的宙斯被她深深地吸引了，他想："智慧是多么迷人啊，很多时候，它能做到的比强大的法力多得多。"

宙斯打败泰坦巨人后，便开始笼络身边的力量，以巩固自己的地位。他总是控制不住地想："要是我也拥有墨提斯那样的智慧就好了，我一定能做得比现在更好，变得更强。"

可智慧是不会凭(píng)空出现在谁的脑子里的，于是，宙斯便开始疯狂地追求墨提斯。他成天跟在墨提斯身后，向她诉说着自己的倾慕。机敏的墨提斯一点儿也看不上这个莽汉，但她也不想和新的神王撕破脸，只能变形为各种事物，不断躲避。谁料，宙斯也幻化身形，穷追不舍。

你追我赶一段时间之后，墨提斯终于疲倦了，答应和宙斯结为夫妻。

“不过你得听我的，”女神骄傲地扬了扬下巴，“毕竟在解决麻烦的时候，我的头脑好用多了。”

宙斯对此没什么意见。有了墨提斯的智慧，他的统治越来越顺利。但就在这个时候，墨提斯怀孕了。

宙斯突然恐慌起来。他想起了自己的祖父和父亲，一个可怕的念头慢慢占据(zhàn jù)了他的脑海：“这个孩子将来会不会变成自己最大的威胁(xié)？”虽然他认为自己还算贤明，不至于像父辈那样残暴，招来儿女的仇恨，但他依然担忧自己的未来。宙斯苦恼极了，只好向盖亚寻求了一道预言，希望能借此窥(kuī)见自己的命运。

盖亚回应道：“你的第一任妻子会为你生下一对强大的儿女，他们拥有非凡的智慧和力量，那个男孩就是未来的神王。”宙斯对此惊恐不已，但也深信不疑。强大如祖父和父亲，也没能改变命运，自己又该如何处理这个危机呢？思来想去，宙斯觉得最好的办法就是吞掉墨提斯——这样孩子就根本不会

点拨

希腊神既是强大的，又是自私的，奥林匹斯天神的身上兼具神性与人性。因此，宙斯与父亲、祖父作出了同样的选择。

出生，而且，他或许还有机会得到墨提斯无穷的智慧。

一日，宙斯和墨提斯在大地上漫步。他心中的念头蠢(chǔn)蠢欲动，看着潺(chán)潺流动的溪水，一道诡计便浮现出来。狡猾(huá)的天神突然露出一丝回忆的神情，问："墨提斯，你还记得我追求你的时候吗？"

墨提斯意外地看了他一眼，笑着说："那可是段难忘的回忆呢。为了躲开你，我不记得变化了多少次，结果你每一次都变形追了上来。"

宙斯笑出声来，说："你可是通晓一切的智慧女神，如果我不努力追上，你又怎么会答应成为我的妻子呢？你的变化之术实在是太精巧了，我想，就算是世上最清澈(chè)的流水，你也能轻易融入其中吧。"

也许是宙斯的话让她回忆起了过往，又或许她只是想要证实自己的能力。总之，墨提斯摇身一变，化为了一滴小水珠。就在她正准备融入流水的时候，宙斯驱(qū)动法力，一下就把她吞进了肚里。

没过多久，宙斯就发现自己经常头疼。不过他现在正是得意的时候，他满不在乎地想：或许这就是智慧将要融入头脑的征兆(zhēng zhào)吧。不料，宙斯的头变得越来越大，也越来越疼。终于有一天，他的头疼得仿佛就要裂开。宙斯再也无法忍受这种痛苦，连忙叫普罗米修斯和赫淮(huái)斯托斯来帮忙。

原来，宙斯根本没有料到，其实墨提斯孕育的是一个女儿。早在他吞下女神之前，这个孩子就已经成形。而聪慧的女神也没有放弃抵抗，她并没有老实待在宙斯的肚子里，反倒是把宙斯的头当成了新的孕育场所，让女儿继续生长。女神不仅将自己的智慧传给了她，还用宙斯的内脏作为原料，为女儿打造了一身战甲，把她从头到脚武装了起来。

普罗米修斯天生拥有预知的能力，他一眼就看出，一位英武聪慧的女神即将诞生！他隐瞒(yǐn mán)了实情，并提议让赫淮斯托斯用斧子劈开宙斯的头颅(lú)，以便仔细检查。神斧劈下后，一道金光从宙斯的头顶迸(bèng)出，瞬间照亮了整个神殿。在炫(xuàn)目的光彩中，年轻的女神身披铜甲，手持长矛(máo)，神情端庄威严，威风凛（lǐn）凛地降临在殿堂之上。

这位女神就是雅典娜。她继承了母亲的智慧，又在父亲的身体里获得了强大的法力。智慧与力量在她的身上完美结合，雅典娜也因此成为奥林匹斯山上的智慧女神和女战神，享有仅次于神王的独特荣耀。

阿波罗的故事

暗夜女神勒托是宙斯的第六任妻子。但两人成婚后不久，宙斯为了维护奥林匹斯的统治，就又与天后赫拉结合在了一起。宙斯并不是一个忠实的丈夫，他常常与其他女神和凡间女子私会。而作为掌管婚姻的女神，赫拉维护着世间婚姻的和谐(xié)与稳定，宙斯胆敢这样冒犯她，就必须面对她的怒火。神王夫妻常常因为这事争吵，有时还会大打出手。

但谁也没有想到，在宙斯和赫拉结合之前，勒托就已经怀孕了。赫拉因为害怕勒托比自己先诞下神王的孩子，便向大地下达了她的命令：谁也不许给勒托提供生产的地方。赫拉生起气来比宙斯还要可怕，众神惧怕她的威严，只能乖乖听命。

勒托只好整日行走在大地上。她希望能找到一个安全的地方，顺利地把孩子生下来。但不论是隐蔽的岩洞，还是荒芜(wú)的草泽，它们都拒绝了这个可怜的母亲。

“我们实在是不敢违抗天后的命令。”这些地方的守护灵说道，“可怜的勒托，你还是快些离开，去找别的地方吧。”

胎儿一天天长大，就在勒托濒(bīn)临绝境的时候，她的妹妹阿斯忒利亚挺身而出，将自己的身躯(qū)化为一座漂浮的小岛，接纳了勒托。小岛向世界的角落漂去，最终浮在一片偏僻(pì)的海洋之上。这里整日波涛汹涌(tāo xiōng)，巨大的海浪时不时便会猛地拍上光秃秃的岩体。除了海鸥偶尔留下几声凄(qī)厉的鸣叫，这里真的一点儿生气也没有。但勒托已经满足了，她终于能安顿下来，安心准备生产。

有了第一个敢反抗天后的人，一些不忍勒托受折磨的神明也开始默默帮助她。海神波塞冬从海底升起了四根金刚石柱，让浮岛稳稳地固定下来。宁芙(fú)仙女①们也悄悄来到勒托身边，一边照料她的身体，一边准备为她接生。但这一切还是没能逃过赫拉的眼睛，众神的小动作让她变得更加愤怒。她遥遥一指，巨蟒(mǎng)皮同就顺着她指引

---

①宁芙仙女：宁芙（也称精灵、仙女）是自然幻化的精灵，大多是美丽的少女。她们多才多艺，能歌善舞，常常出没于山林、原野、泉水和海洋之中。有的宁芙在自然中过着自由的日子，有的也会侍奉神明，陪伴在他们身边。

的方向来到了浮岛上，继续追赶这位可怜的母亲。

似乎是感受到了危险，夜里，姐姐阿尔忒弥(mí)斯突然降生了。这个小婴儿飞快地成长着，仅仅过了九天，她便长成了一名英武沉静的女神。长大的阿尔忒弥斯穿着一身猎装，她面无表情地观察着四周，眼神十分锐利，就像一个老道的猎人在探察她的猎物。每当皮同出现，阿尔忒弥斯总是能看破它的伪装，并用精准的箭法将其击退。

就这样又过了九天，忽然，汹涌的海面平息了下来，终日笼罩的阴云也渐渐散去，一束天光投射在了岛上。同一时刻，小岛上光芒四射，金子一般的阳光洒向了岛屿的每一个角落。光芒所

及之处，草木开始飞速生长，动物的身影频频出现，死气沉沉的岛屿转眼间生机盎(àng)然。然而不论是空中的飞鸟，还是海里的游鱼，它们都围绕光芒的中心欢快地舞蹈着，发出动听的鸣叫。

原来这耀眼的光芒就是小阿波罗发出来的。他天生掌管世间的光明，于是他一降世，便驱走了小岛的黑暗，带来了无限的生机。女神们也被这奇异的光彩吸引了，她们带来了仙酒与神食，为新生的光明之神唱起了赞歌。还有一只洁白的天鹅飞了过来，绕着阿波罗优雅地飞翔了七圈，最后停留在他的身边。

阿波罗像他的姐姐一样，很快就长大成人，护卫在母亲身边。这下赫拉再也无法威胁到勒托了，因为就连奥林匹斯山上的其他主神们也不得不承认，这对姐弟虽然是新生的神明，却有着无比强大的力量。

勒托极爱她的一双儿女。她送给姐姐一副金弓银箭，又送给弟弟一副银弓金箭，让他们自由地在天地间狩(shòu)猎、周游。姐弟俩都是世间一流的神射手，不过姐姐性格沉静，更享受在山间狩猎的自由；弟弟则更加浪漫奔放，他最爱在辽阔的天空中奔驰(chí)，聆听弓箭在箭筒里叮当作响。于是勒托便寻来一把金里拉琴，送给了这个喜爱音乐的小伙子。从此，阿波罗琴不离身，时常创作出优美的诗歌和乐曲。

年轻的男神总是那么的骄傲、快乐，仿佛世间没有什么能让他烦恼。但事实上，这位光明之神无比痛恨黑暗与邪(xié)恶，他从未忘记自己出生时的遭(zāo)遇。这会儿，他正带着他最爱的银弓在天空中飞驰，要去讨伐(fá)那条可恶的巨蟒，为母亲和姐姐讨回公道。

他很快就找到了皮同的藏身地。那是一处阴暗的山谷，陡峭(qiào)的山壁高耸入云，遮住了金灿灿的阳光，投下一片巨大的阴影。谷底完全笼罩在一片黑暗之中，只有一条溪流从山谷的最深处流出，湍(tuān)急的水流击打着石岸，溅起层层浪花。在黑暗的浓雾中，巨蟒皮同的身躯时隐时现，细密的蛇鳞(lín)偶尔会反射出阴冷的光泽，把谷底映衬得更加可怖(bù)。它庞大的身躯扭动着，盘绕在层层岩石之间，整个山谷都随着它的动作不停地颤动。山谷中的生灵早就被皮同吓得奔逃一空，就连守护山谷的神灵也承受不住巨蟒身上的死亡气息，

不得不离开这里。

光明之神阿波罗一出现在这里，皮同就立刻发现了这个显眼的猎物。它张开血盆大口，喷吐出更加浓密的毒雾，眼看就要将阿波罗吞入腹中。突然，只听见弓弦清亮的嗡(wēng)鸣声传来，转眼间，无数的光芒闪耀在空中。阿波罗将自己身上散发出的光芒化为箭矢，像一道道流星一样划过天际，紧接着光芒四射，无数金箭如同狂风骤(zhòu)雨一般袭(xí)向皮同。刚才还在耀武扬威的巨蟒，这时已经瘫(tān)倒在地，变成了一具尸体。

年轻的神明再一次奏响了里拉琴，高唱着凯(kǎi)歌，向世间展示着他的伟力。宙斯为了弥补之前犯下的错误，也为了进一步巩固自己的统治，将这对儿女阿波罗和他的姐姐阿尔忒弥斯迎上了奥林匹斯山，承认他们作为十二主神的地位。

阿波罗居住在天上的神殿之中，将光明带给世间。这个头戴金桂冠(guān)的神明依然热爱奔跑与艺术，他时常组织竞技比赛，以纪念自己曾经创建的功业。他的琴声令九位缪(miù)斯女神折服，她们自愿追随他，共同管理着世间的艺术。阿波罗还将皮同埋葬(mái zàng)在德尔斐(fěi)，并修建了一座神庙，向世人传达宙斯的神谕(yù)。这就是后世著名的德尔斐神庙，阿波罗也因此被人们视为预言之神。

从此，阿波罗的故事传遍了世间。希腊人将他视为天地间第一美男子，认为他是光明与力量的完美化身，时时举办盛大的仪式纪念他的功绩。阿波罗也一直守护着他脚下的土地，引领人们克服困难，走向光明。

你知道吗

桂冠是用月桂树叶编的帽子。古希腊常把桂冠授予竞赛中的胜利者，以嘉奖其强健的体魄(pò)和坚韧(rèn)的精神。后人习惯以此象征胜利与荣耀。

珀耳塞福涅与四季的由来

农神德墨忒尔掌管着一座美丽的庄园，这里四季如春，瓜果飘香，她的小女儿珀(pò)耳塞福涅(niè)最喜欢在里面玩耍。每当女儿冲她露出甜美的笑容时，德墨忒尔总会温柔地抚(fǔ)摸她的脸颊(jiá)，回应她说：“我真是世上最幸福的妈妈了！多笑一笑吧，我的小珀耳塞福涅。”在妈妈的关爱下，珀耳塞福涅慢慢长大了，成了一个美丽的少女。但随着人类的增多，德墨忒尔越来越忙，常常需要去远方帮助他们打理农田。每到农忙时，珀耳塞福涅就只能留在庄园里，自己打发时间。

一天，德墨忒尔正准备出发去工作，珀耳塞福涅不舍地问道：“妈妈，你要多久才能回来呢？”

“这次庄稼成熟得太晚了，我得在人间忙上一段时间。”农神也知道女儿的寂寞，但她身负职责，只能无奈地安慰(wèi)她，“不过，你可以和宁芙仙子们一起去田野里采花。我想，小姑娘们聚在一起，总比一个人待在家里更快活。”

她轻轻梳理着女儿的头发，又嘱(zhǔ)咐(fù)道：“她们都是些好姑娘，会照顾好你的。不过，你一定不要一个人跑远了。一想到你可能会遇到危险，妈妈就担心得不行。”珀耳塞福涅乖巧地点了点头，德墨忒尔这才放心地离开了。

妈妈走后，珀耳塞福涅便唤来宁芙们，一同前往恩那的田野。宁芙们十分喜爱这个快活的小妹妹，一路上，她们为珀耳塞福涅讲述了无数个听来的故事，还把新学来的编织技巧教给她。“田野那边还有很多可爱的小花。”一个宁芙说道，“虽然比不上你妈妈花园里的那么珍贵，但你一定会喜欢的。”于是，珀耳塞福涅就和她们一起来到田野的深处，一边采集，一边玩耍，欢笑声在田野上回荡。

这时，远方忽然传来一阵隆隆的声响。珀耳塞福涅望向天空，只见一片黑云飞了过来，便对宁芙们说：“好像快下雨了，我们先回去吧。希望明天还有这么多漂亮的花，我要给你们和妈妈都编一个漂亮的花环。”姑娘们很快就离开了，田野上却没有下雨。就像是有人用手拨开了云雾一样，黑云的缝隙中透出一点儿天光，但很快又消失了。

原来，这声响和黑云都是冥王哈迪斯带来的，他正驾驭(yù)神车准备去觐(jìn)见天神宙斯。哈迪斯常年居住在黑暗的地下，早已不习惯阳光和清风，但就在他经过恩那的时候，一阵美妙的声音传进了他的耳朵，让他的心悠悠飘荡起来。他有些好奇，便停下神车，拨开云雾朝下望去，一眼就看到了珀耳塞福涅。

“真是太奇怪了。”威严的冥王忽然觉得自己的心变得柔软了起来，“我掌管着地下所有的宝物，但没有一件比得上她的笑容。”珀耳塞福涅的身影在他脑海中挥之不去，最后，他忍不住把这场奇遇告诉了自己的兄弟。

“那我想，你可能是爱上她了

吧。”宙斯说，“她是农神德墨忒尔的女儿，掌管种子的珀耳塞福涅。”狡猾的神王趁机劝说哈迪斯，只要他在管理冥界的时候多听听自己的意见，自己便会将珀耳塞福涅许配给他。哈迪斯自然是满口答应。

于是，等第二天小姑娘们再次来到这片田野时，她们惊讶地发现这里开满了鲜花。珀耳塞福涅很快就沉浸在采集的快乐之中，不过，总有一朵花突然出现在她视线的边缘（yuán），吸引她向那边看去。多奇怪啊，明明只是一朵普通的水仙花，花瓣却白得耀眼，黄色的花蕊仿佛流淌的蜜糖。珀耳塞福涅忍不住追着水仙花跑远了，渐渐离开了宁芙们的视线。

珀耳塞福涅心想：采下它就太可惜了，我要把它带回妈妈的庄园，这样就能一直欣赏它了。

这时，轰隆隆的巨响从地底传来，转瞬之间，一个大洞出现在珀耳塞福涅眼前。她好奇地向洞里张望，只见四匹黑马冲了出来，身后拉着一辆金光闪闪的战车。车上坐着一个高大的男子，他衣着华丽，头戴一顶钻石王冠，看上去十分威严。他努力挤出一个笑容，朝珀耳塞福涅招了招手，邀(yāo)请她一起乘坐神车。

这个男子当然就是哈迪斯。虽然他已经尽力做出亲切温柔的样子，可一开口，沉闷的声响便从地底传来。珀耳塞福涅本能地害怕起来，她紧紧握住手里的水仙花，忍不住用颤抖的声音叫了一声：“妈妈！”

她转身想逃，但哈迪斯伸手就把她提上了车，一抖缰(jiāng)绳，四匹黑马便飞奔起来。美丽的田野瞬间消失了，珀耳塞福涅眼前的景色飞快地变换着。很快，她就发现自己被带离了一直居住的山谷，

离家越来越远。她大声哭喊起来，希望妈妈能听见她的呼唤，前来解救自己。但远在千里之外的德墨忒尔根本听不见女儿的声音，只是觉得心头一震(zhèn)。她抬头望向天空，只看见远方一片黑云掠过。农神惊了一下，转身又投入工作中去了。

冷风无情地夺走了珀耳塞福涅的声音，四周的景色越来越暗，她也越来越绝望，只能沉默地哭泣。哈迪斯笨拙(zhuō)地安慰她说："你为什么要害怕呢，我是绝对不会伤害你的。我是掌管着地下世界的哈迪斯，等到了我的宫殿，我会为你修建一座美丽的花园，用无数的宝石装点它，保证比你妈妈的花园更漂亮。"但珀耳塞福涅根本不愿多看他一眼。

"我愿意把所有的宝藏都送给你。"哈迪斯没得到回应，有些闷闷不乐，便接着说，"只要你喜欢，我所有的一切都可以送给你。只要你愿意对我笑一下，哈迪斯王就会是世间最快乐的神了。但你为什么要拒绝我，好像我要伤害你一样？"

哈迪斯如何能懂得她的痛苦呢？珀耳塞福涅的心几乎要碎了，她声音嘶(sī)哑(yǎ)地说："你夺走了妈妈最珍爱的女儿，她会流泪的，我永远也不会笑了。”

不论她怎么哭泣，哈迪斯还是把她带到了冥界的最深处。这里一片昏暗，就算宫殿里满是耀眼的宝石，也只是减少了几分幽(yōu)暗。尽管珀耳塞福涅满脸泪痕，可她依旧是那么娇艳，充满了生机与活力，比这里的一切都要光彩照人。她惊讶地看着这里的一切，心想：世界上怎么会有这么黑暗的地方？没有阳光，没有清风，没有鲜花，什么生命都没有。她都有点儿可怜哈迪斯了，这个地下最富有的王，实际上是个什么都没有的可怜虫。

哈迪斯每日让人准备精致的饭菜和点心，可珀耳塞福涅只喜欢吃新鲜的蔬(shū)果，这里的东西一口也不吃。他还修建了一座花园，找来最耀眼的宝石，努力把它打造得像农神的庄园一样美丽。哈迪斯用尽了办法，也没能让珀耳塞福涅露出快活的笑容。

珀耳塞福涅心想：原来，这里真的一点儿让人愉快的东西都没有，所以他才想让我留下来。可是他为什么要这么做呢？他抢走了我，妈妈该有多难过，多寂寞啊。想着想着，珀耳塞福涅又止不住地流下泪来。

这时，德墨忒尔又怎么样了呢？当这位妈妈回到家中时，她才终于意识到女儿失踪（zōng）了。她奔走在大地上，日夜呼喊着女儿的名字，连照料庄稼的责任也被她抛（pāo）在了脑后。最后，德墨忒尔只好去求助太阳神阿波罗。这位神明掌管着世间的光明，只要是发生在阳光底下的事，就没有他不知道的。

“你的女儿被哈迪斯带去冥界了。”阿波罗说，“冥王很喜欢她，整日追在她身边，要娶她当冥后呢。”

点拨

宙斯嗜（shì）权如命、圆滑狡诈，他是一位人格化的神，具备人的一切缺点，也拥有人所追求的一切。

德墨忒尔没有进入冥界的资格，只好请宙斯为女儿主持公道。可一边是惹不起的农神，一边是想要加强合作的冥界，宙斯谁也不想得罪（zuì），便什么也不说。绝望的德墨忒尔作出了一个可怕的决定：既然珀耳塞福涅被困在了地下，那她就让所有的种子都不许发芽。不论是一棵庄稼、一枚土豆还是一粒豌（wān）豆，任何可以当作食物的东西，统统不准生长。

巨大的灾难降临在了大地上，眼看生灵大量

死去，众神纷纷向德墨忒尔求情。一向仁慈的农神却毫不心软，她愤怒地说道："除非让珀耳塞福涅回来，不然一根草也别想长出来！"

宙斯只好派神使赫耳墨斯，去冥界说服哈迪斯。这时候，可怜的珀耳塞福涅已经被困在这里整整六个月了。她美丽的脸上满是悲伤与忧愁，哈迪斯几乎要心碎了，他多么希望珀耳塞福涅能露出之前那样灿烂的笑容啊！他想找来珀耳塞福涅所爱的一切，但此时的大地已经生机全无。他寻遍了世界的每一个角落，能找到的就只有一个干瘪(biě)的红石榴(liú)。哈迪斯将这寒酸的礼物悄悄放在了珀耳塞福涅身边，便像雾气散去一般，一声不响地离开了。

尽管这石榴已经干瘪得没有一丝汁液了，可它依然保留着一股清新的香气，在冰冷的地下显得尤为诱人。珀耳塞福涅很快就发现了它，忍不住把它捧在手心，放在鼻尖闻了又闻。这微酸的气息勾起了她无数美好的回忆，珀耳塞福涅就像着了魔一样，想要把这气味留在她的身边。可不知怎么的，那石榴忽地裂开，几粒干瘪的石榴籽一下钻进了她的嘴里。

珀耳塞福涅吓了一跳，还没来得及咽(yàn)下去，就听见门开的声音。她一转头，就看到哈迪斯和赫耳墨斯一起走了进来。眼尖的赫耳墨斯立刻就发现了珀耳塞福涅的不对劲，他心里一惊，却装出镇定的样子，走到珀耳塞福涅身边低声说：“请您千万别张嘴！我已经说服冥王了，马上带您离开。”

此时的哈迪斯，心里满是后悔和忧伤，一点儿也没听到两人的悄悄话。他希望珀耳塞福涅能重新变得快乐，于是痛快地放他们离开了。哈迪斯沉默地挥手道别，可在珀耳塞福涅看来，这高大的身影是多么孤单啊！虽然他一点儿也不讨人喜欢，甚至还找来一个干巴巴的石榴当礼物，可一想到自己离开后，他的身边就只有黑暗和阴冷，珀耳塞福涅

就不禁难过起来。

“别难过了，亲爱的珀耳塞福涅。”赫耳墨斯一边催促(cù)，一边带着珀耳塞福涅飞了起来，“再不走，可能冥王就舍不得放您离开了！”

神使带着珀耳塞福涅飞向地面，不一会儿就瞧见了微弱的光线。珀耳塞福涅觉得自己的身体正重新变得轻盈，她忍不住伸出双手，像是要拥抱阳光，又像是在寻找着什么。她不禁落下了喜悦的泪水，轻声呼喊着：“妈妈！”

大地上的生命似乎也感受到了这一切，暗暗躁(zào)动起来，试探着想要钻出地面。德墨忒尔又惊又怒，是谁敢违抗她的命令？但她的怒火还没来得及燃烧，一道熟悉(xī)的声音就扑灭了它。

“妈妈！快接住你的女儿吧！”

德墨忒尔张开双臂，紧紧抱住了扑过来的珀耳塞福涅。她们欢乐的泪水滴落在土地上，无数的草木开始生长，世界重现生机。

不过，故事到这里还没有结束。因为传说一旦吃下了冥界的食物，灵魂就要永远地留在那里。那六粒干瘪的石榴籽虽然钻进了珀耳塞福涅的嘴巴，却还没有被吞进肚里，所以这位女神不必永远待在地下。不过，一年当中有六个月，她需要回到冥界，陪伴在哈迪斯身边。

“妈妈，请你不要为我伤心。”珀耳塞福涅依偎(wēi)在母亲怀里，安慰她说，“哈迪斯实在是太可怜了！我想，我也得把大地上的欢乐分给他一点儿。”

于是，珀耳塞福涅每六个月就会往返一次冥界。当她离开的时候，农神的欢乐也随之而去，大地上的万物都会逐渐凋(diāo)零；当她回归的时候，生机与快乐也陪伴她一起重回大地。从此，温暖与寒冷在天地间不断流转，人间也便有了四季。

任务

神话是原始先民解释生命起源和自然现象的一种方式，试着找一找本书中关于自然现象的浪漫解释吧！

赫淮斯托斯重回奥林匹斯山

爱琴海上一片宁静。在无垠(yín)的蔚蓝中，细细的浪花轻盈地跃动着，从海天相接的地方缓缓涌向岸边，亲吻着沙滩和岩石。阳光如同上好的丝线，在海天之间流动着，交织出一片耀眼的光彩。整个世界仿佛一块晶莹剔(tī)透的蓝水晶，纯净而梦幻，令人沉醉其中。

海洋女神忒提斯驾驶神车而来，巡视着这片她最珍爱的海洋。这时，隆隆的巨响突然从远处传来，只见一颗耀眼的火流星飞速掠过，直直冲向了不远处的小岛。在猛烈的撞击下，整座岛屿不断颤抖着，火山也蠢蠢欲动，不时扬起黑烟与灰尘，吓得鸟兽四散奔逃。忒提斯连忙调转方向，以最快的速度赶了过去。

可谁能想到，弄出这么大动静的流星，竟然是个浑身黢(qū)黑的小娃娃。

“真奇怪，他怎么会从那么高的地方掉下来？”忒提斯仔细检查了一下，惊讶地发现这个孩子只是摔断了腿，除了烧焦的头发，身上一点儿别的伤痕都没有。“可怜的孩子，是谁把你丢下来的？”

忒提斯抱起他，脑海中浮现出那对总是在争吵的神王夫妻的面孔。她轻轻叹了一口气，说道："从今天起，就让我来做你的妈妈吧。"

忒提斯一点儿也没猜错，这个孩子叫作赫淮斯托斯，他的父母正是神王宙斯与天后赫拉。和他的哥哥姐姐不同，小赫淮斯托斯并不是在父母的期待中出生的。在孕育他的时候，赫拉正因为阿波罗姐弟的事和宙斯吵得不可开交。赫拉身为守护婚姻的女神，本就对宙斯的不忠诚十分不满，而他这次竟然让别的女人生的孩子分享奥林匹斯主神的荣光，这简直让她怒火中烧。偏偏宙斯铁

了心要让这对强大的姐弟成为他的帮手，说什么也不愿意向妻子低头，甚至干脆躲起来不见她。赫拉的怒火一日盛过一日，“罪魁(kuí)祸(huò)首”却始终不露面，她只好将不满积压在心中。

“等着瞧吧！”好强的女神心想，“我会生下一个比他们还要强大的孩子，你就等着后悔吧！”

压抑(yì)的怒火和强烈的好胜心让小婴儿吃尽了苦头，他在这些情绪的折磨中慢慢长大，最终诞生在奥林匹斯山上。赫拉简直不敢相信这是自己的孩子，因为他全然不似其他神明降生时那么可爱动人。他的皮肤又黑又粗糙(cāo)，小脸也皱巴巴的，一副苦大仇深的样子。他也不像其他神明刚诞生时那么健壮，既不号(háo)哭，也不打闹，四肢(zhī)绵软无力，虚弱极了。

就在这时，久不露面的宙斯终于出现了。他用不容置疑的语气向赫拉宣布，自己要将阿波罗姐弟迎上奥林匹斯山。一想到不肯退让的宙斯和那对无比耀眼的姐弟，不甘和愤怒就爬上了赫拉的心头，灼(zhuó)烧着她残存的理智。最后，在一场激烈的争吵中，可怜的小赫淮斯托斯被母亲一狠心丢了下去。

小婴儿在空中翻腾了整整一天，最后狠狠撞在了小岛上，摔断了腿。善良的忒提斯一点儿也不在乎，就像自己承诺的那样，她把赫淮斯托斯当作自己的孩子，悉心地呵护他长大。现在的他浑身都是结实的肌肉，一双臂膀强健有力，一点儿也瞧不出曾经虚弱的样子。他黝(yǒu)黑的脸上神情严肃、冷峻(jùn)，心思却十分细腻，总是沉默地做好每一件事，关心着疼爱他的养母。

忒提斯还特意为他寻来良师，教导他成为天地间最灵巧的工匠，并把埃特纳火山送给他，作为他打造兵器的冶炼厂。从此，赫淮斯托斯便整日围着他的熔炉挥汗如雨。当他挥动臂膀进行锻造时，熔炉旁四溅的铁水和火花便化作奔腾的岩浆(jiāng)和烈焰，构成一派恢宏壮丽的景象。

不论是精巧的配饰，还是锋利的兵器，甚至是雄伟高大的神庙，在赫淮斯托斯的巧手之下，它们都变得仿佛有灵魂一般，闪动着迷人的光彩。这些精美绝伦的艺术品很快就受到了众神的追捧。他们四处打听，

任务

宙斯众多的孩子都成了无与伦比的天神，不妨(fáng)梳理一下天神们的身份、能力和事迹，以了解希腊众神的谱系吧！

希望能找到这个神秘的工匠，让他为自己献上最完美的作品。

赞美和追捧并没有冲昏赫淮斯托斯的头脑，他依旧留在养母身边，一刻不停地劳作着。他拧着眉头挥动巨锤(chuí)，像有怨气似的，狠狠地敲击着矿石。火山随着他的击打一刻不停地喷发着，四处弥漫着黑灰和热气，天地间就像赫淮斯托斯的心情一样灰暗。

原来，早在母亲肚子里的时候，他就已经记事了。每当想起赫拉将自己丢下天空的一瞬间，赫淮斯托斯就抑制不住心中的悲伤和愤怒。他是个懂事的孩子，自然心疼母亲的遭遇，可他也一直忘不了自己曾遭受的折磨。他曾拜托忒提斯打听赫拉的消息，却得知赫拉根本不承认他的存在。最后，这个心碎的匠人终于下定决心，无论如何都要让赫拉亲口向他道歉。

他打造了一尊黄金宝座，上面镌(juān)刻着各式各样的奇花异草和珍禽(qín)异兽。经过阳光照射后，这些花纹就像活了一般，缓缓地动起来，不断变幻着形态。他还用收集来的最圆润的珍珠和最闪耀的珊瑚(shān hú)碎片，精心装点了宝座的每一个角落，让它不论从哪个角度看上去，都是那么光彩夺目。而后，他悄悄把宝座放在了奥林匹斯山附近。

宝座耀眼的光彩很快就吸引了赫拉。她仔细地瞧了又瞧，简直不能把目光从上面移开。“多精湛(zhàn)的技艺！这真是天底下最完美的宝座了！”天后暗暗在心底赞叹道，“每一寸花纹都恰(qià)到好处，既灵动，又不失威严。”顿时，她觉得自己身下的那张神椅简直就是一堆破铜烂铁，连宝座的一个角都比不上。

赫拉抬抬手就把宝座移到了自己面前。她像个激动的小女孩，一点儿也没发觉这尊突然出现的宝座有什么不对劲，提着裙摆就坐了上去。宝座上的花纹立刻开始动了起来，每一只动物的眼睛也转动起来。那些优雅盘绕的枝叶飞速生长着，转眼就变成了黄金的锁链（suǒ liàn），将她牢牢锁在宝座上。无数双眼睛也紧紧地盯着她，让她喘不过气来。

锁链很快就消失了，可赫拉惊讶地发现，自己既不能移动，也不能使用法力。转眼间，骄傲的天后就变成了可怜的囚徒（qiú tú）。不一会儿，众神也发现了赫拉的异常，但谁也拿这宝座没有办法，或者说，他们根本就看不出赫拉被锁链锁住了。

看着妻子的惨状，宙斯也心软了。他一下就看出了其中的问题，派神使赫尔墨斯去说服赫淮斯托斯，让他原谅自己的母亲。

神使很快就找到了赫淮斯托斯，向他描述了一番天后的惨状后，便请求说：“母子哪有隔夜仇呢？还请您解开天后身上的束缚吧。”神使略带乞求地望向赫淮斯托斯，但赫淮斯托斯的眉头拧得更紧了。过了很久，他才压着火气说：“我当然体谅我的母亲，可她眼中哪有我这个儿子呢？我要她亲口向我道歉，别的，说什么都不行！”

看着他头上的青筋，神使只好放弃，回去向宙斯复命。但赫拉怎么可能向自己瞧不起的孩子低头呢？宙斯只好又派战神阿瑞斯前去。他是赫拉的大儿子，也是赫淮斯托斯的亲哥哥。宙斯心想：说不定兄弟之间能把话说通呢，再不然，阿瑞斯也能把他捉来。

但他没想到，阿瑞斯连自己弟弟的面都没见到。赫淮斯托斯一看到这个英武的哥哥，无数痛苦的记忆就涌上了心头：母亲正是因为自己外表丑陋(lòu)才抛弃他的啊！他的愤怒和痛苦化为烈焰与岩浆，从火山中喷涌而出，扑向了阿瑞斯，逼得他只好离开。

“想想那个被遗弃的孩子吧！”赫淮斯托斯指着天空说，“除非她亲口承认自己的错误，不然我是不会答应你们的。”

赫拉自然也听到了他的话。连日的折磨终于让她意识到，这一切都是她自作自受。如果她不是那么骄傲，她便不会将那个外表丑陋的孩子视为耻辱(chǐ rǔ)。如果她不是那么虚荣，自己就不会被困在这尊宝座上。“是我错了，我没有尽到一个母亲的责任。”骄傲的天后第一次低下了自己的头，扑簌簌(sù)地掉下泪来，“让他回到我身边吧，我本就应该向他道歉的。”

但此时的赫淮斯托斯已经到了爆发的边缘，宙斯也不知道该怎样才能把他请上神山了。

“那就让我去吧！”酒神狄(dí)俄尼索斯请求说，“希望我的美酒能平息他的怒火。”

酒神带着美酒来到了赫淮斯托斯居住的小岛。匠人此时怒火正盛，他粗声粗气地说：“如果你是来劝我的，就赶紧回去吧！”

“不，不，还请您冷静些。”酒神笑眯眯地说，“我带来了些新的消息，请您一边享用美酒，一边听我说吧。”赫淮斯托斯将信将疑，但酒香实在是诱人，他便压下火气，一边听酒神讲话，一边和他共饮。最后，醉醺醺(xūn)的赫淮斯托斯痛快地点了头，答应和赫拉见上一面。此时他已经醉得走不动路了，酒神便用自己的小驴把这个壮汉驮(tuó)上了神山。

等赫淮斯托斯悠悠转醒，才发现自己已然身处神殿之上。在他不远处，一个憔悴(qiáo cuì)的美丽妇人坐在黄金宝座上，她身边则站着一个威严高大的男子，想必那就是他的母亲和父亲。

在众神的环绕下，宙斯用充满歉意的声音说：“亲爱的赫淮斯托斯，我的孩子，对不起。虽然迟了这么久，但我想我们两个都应该向你道歉。”他身旁的赫拉也轻轻附和着：“请你原谅我吧。如果不是我的骄傲让自己忘记了母亲的职责，你本不该经历这些的。”

“如果你们真的意识到了自己的错误，我接受你的道歉。”赫淮斯托斯站起身来，抬手解除了法术。但他还是低着头，不愿直视亲生父母的眼睛，只低声说：“现在您自由了，我也该回到忒提斯妈妈身边了。”

“请等一下，孩子。我还应该将本属于你的东西还给你。”宙斯挽留说，“我们被你的外表蒙蔽了双眼，竟忽视了你举世无双的技艺。请你留在奥林匹斯山上，成为守护人间的匠神吧。”说着，他牵出了一位美丽的女神，继续说：“我将美神阿佛罗狄忒许配给你，希望你们夫妻二人能定居于此，常伴我们的身边。”

就这样，赫淮斯托斯成了奥林匹斯的十二主神之一，留在了奥林匹斯山上。母子之间的裂痕渐渐修复，赫拉对这个失而复得的儿子关怀备至，赫淮斯托斯也向悔过的母亲献上了应有的敬意。赫淮斯托斯还为忒提斯的儿子阿喀(kā)琉(liú)斯打造了一副坚固的铠(kǎi)甲，以回报养母的恩情。他依旧整日埋首劳作，不停地挥洒着汗水。在他的庇护之下，世间灵巧的匠人和勤劳的劳动者们都各司其职，安稳和乐地过着幸福的日子。

被缚的普罗米修斯

在原始神创世之后，世界从混乱中慢慢恢复，开始稳定地运行起来。不论是山川湖海，还是日月星辰，世间的一切都依照神的指令规律地运转着。花草树木用不同的姿态装点着大地，动物们也自由自在地繁衍(yǎn)生息。日子一天天过去，新的奥林匹斯天神逐渐有些不满意了。这些缺少智慧的生物实在是不能为世间增添更多的趣味，于是他们决定创造一种高于一切的动物，也就是人类。

这项重要的任务交给了普罗米修斯和厄庇墨透斯两兄弟。他们取来最新鲜的泥土，再和进最清澈的流水，仿照着天神的样子捏(niē)出了一个又一个的小人儿。在造人之前，天地间所有的动物都是四肢伏地，它们整日埋首在大地上，只顾着觅食和繁衍。而普罗米修斯却赋(fù)予了人类可以直立的双腿，于是人类便能高高仰起他们的头颅，欣赏辽阔的天地。他们的双手也因此解放出来，能够灵活地抓握，并制造出各式

提问

为什么中国和希腊这两个相距遥远的国度，在古老的创世神话中都选择了捏泥人的造人方式呢？

各样的工具。普罗米修斯的好友雅典娜也在一旁，看着这些美好的生命。智慧女神按捺(nà)不住心中的欢喜，她吹出一口神气，从此人类便拥有了智慧。

多么奇妙的生灵啊！尽管他们生来一无所有，却可以用无限的创造力丰富自己的生活。仁慈的先知爱极了人类，便将自己的知识传授给他们，帮助他们更好地生活。于是，人类学会了依据日月星辰的运行规律来计算时间，学会了通过畜(xù)牧和农耕来获得更多的食物。他们还创造了属于自己的语言，在交流中碰撞出思想的火花。

人类欣欣向荣。很快，天神宙斯也注意到了他们的不凡。他并不反对人类的发展，相反，他很乐意与人类共处，只要人类愿意臣服在天神的权威之下，乖乖地接受众神的统治。

宙斯决意召集众神，共同商讨人类可以拥有的权利和他们应当履(lǚ)行的义务，以明确人与神之间的界限。普罗米修斯深受人类的爱戴，自然就成了人类的代表。他用饱含情感的声音向众神描述人类的生活，并提出了自己的要求："人类的智慧仅次于神明，在不久的将来，他们一定会为世间增添无穷的美好。作为守护天地的神明，我们难道不应该保护他们吗？只要让他们别经受太多的灾难，别加重他们的负担就好了。"

众神却一点儿也没把普罗米修斯的话放在心上。在他们看来，人类不过是一种用来解闷的小玩意儿罢了。众神你一言我一语，傲慢地说出了各种要求。

"真是些奇妙的小东西。只要他们愿意时时为我们献上祭品，虔(qián)诚地信奉我们，倒也不是不能庇护他们。"

"不过祭品得漂亮才行。那些毛色杂乱的牲(shēng)

畜和干瘪无味的果实，怎么配得上我们的身份呢？”

天神的傲慢深深刺痛了普罗米修斯的心。他很快就想出了一条妙计，决定戏弄一下这些自私的天神。这一天，普罗米修斯来到宙斯面前，恭敬地说：“伟大的神王，为了向众神表示忠诚，人类决定向您献上他们最好的祭品。”

宙斯得意极了，点头同意了他的请求。普罗米修斯便组织人类搭建起了精致的祭坛。他寻来一头毛色纯净的健壮公牛，依照最严格的祭祀标准将它宰杀、切分，最后将牛肉分成了两堆，放在牛皮上。祭品准备完成，人类紧接着开始了庄严的祭祀仪式。他们奏响音乐，跳起了优雅的舞蹈，口中歌颂着众神的功绩，并诉说着自己虔诚的信仰。

仪式很快就进入了尾声，人神分享祭品的时刻到来了。普罗米修斯向宙斯行了一礼，缓缓说道：“为了表示他们对神明的尊敬，请诸位先挑选吧。”

两堆祭品分得并不平均，一大一小，大的那一堆上面满是润泽的油脂，看上去十分诱人，而小的那一堆则铺满了牛肠牛肚之类的内脏。大部分天神选择了前者，宙斯也不例外。不料祭品刚一呈上，宙斯的脸色便阴沉下来，伴着阵阵沉闷的雷声，他愤怒地呵斥道：“普罗米修斯！你和人类都必须付出代价！”原来，那堆看似肥美的祭品里全是牛骨，而不起眼的内脏下却是鲜美的牛肉！

愤怒的神王立刻下令，不许将火种交给人类，他要他们只能在黑暗中混混沌沌地活着，永远无法迈入文明。可普罗米修斯怎么会让人类永远地停留在黑暗中呢？看着在黑夜中遭受寒冷和猛兽侵(qīn)袭的人类，仁慈的先知寻来一根茴(huí)香秆，再一次回到了天界。他藏身在浓浓的云雾之后，只等阿波罗驾驶着太阳神车经过。行驶的神车卷起了熊熊的火焰，耀眼的火星随着车轮的转动四处跳跃。普罗米修斯伸手便接住了一粒火星，让它在中空的茴香秆中燃烧着。他将微弱的火种带回了人间，并教会了人类如何保存和利用火种。很快，星星点点

的火光在大地上蔓延着，一座又一座熔炉随之立起。人类不仅学会了烹(pēng)制食物，用充足的营养强健自己的身体，还学会了锻造冶炼，打造出更便利的工具，改造着山川河海。

点拨

火是智慧与光明的象征，普罗米修斯盗取火种，就是将智慧与光明带到人间，驱散黑暗与蒙昧(mèi)。

冲天的火光和人类的举动彻底激怒了宙斯，但他已经无法再阻止人类使用火焰。“普罗米修斯，你泛滥(làn)的仁慈，让人类胆敢僭(jiàn)越神明！你既然敢背叛诸神，就要为此付出代价！”他立刻命匠神打造了世间最坚固的锁链，让他带着两个粗壮的仆人去把普罗米修斯抓起来，关押在高加索山上。

面对宙斯的报复，普罗米修斯毫无惧色。“你不过是个自私的神罢了。”他坚定地说，“为人间送去光明和未来，难道不正是我们神明应该做的吗？为了维护你那可笑的权威，反倒夺走人类本就拥有的权利，难道不可耻吗？”

赫淮斯托斯被普罗米修斯的无私和勇敢深深地打动了，他实在不愿看到这位仁慈的先知遭受可怕的折磨，想要为他求情。普罗米修斯却拒绝了，他微笑着说：“傲慢的神王怎么会原谅我？但只要

我的牺(xī)牲能换来人类的幸福，就算是最残酷(kù)的惩罚，我也甘愿领受。”

他是如此坚定，匠神只好遵令把他缚在高加索山的山顶。普罗米修斯的双臂被高高吊起，只有脚尖能接触到地面。他不能睡觉，甚至不能弯曲双膝休息一会儿。白天，毒辣的阳光炙(zhì)烤着他，豆大的汗滴不断从他身上浸出，滴落在他脚下的土地上；晚上，山顶的寒风又无情地吹裂他的皮肤，将他疼痛的汗水凝成一朵朵霜花。宙斯还派出了一只老鹰，每天去啄(zhuó)食他的肝脏。被吃掉的肝脏转眼又会重新生长出来，普罗米修斯便反复经受被啄食的痛苦。

就这样日复一日，普罗米修斯忍受着永无尽头的折磨，但他从未想过屈服。仁慈的先知被缚在山巅(diān)，世间人类的生活都被他尽收眼底。每逢黑夜，熊熊燃烧的火焰便在他的眼中跳动着，混杂着食物香气和人类交谈声的烟雾从地面慢慢升起，温柔地抚慰着他身上的伤痛。

普罗米修斯带来的希望之火在人间传递着，永不熄(xī)灭。人类没有忘记这位仁慈的先知，他们不断创造出精彩的文明，向他献上最崇高的敬意。

潘多拉的魔盒

宙斯无法收回人类手中的火种，便决定用另一种方法惩罚人类。

在他的命令下，赫淮斯托斯精心雕琢(zhuó)了一位美丽的女子。洁白无瑕(xiá)的大理石是她优美的身体，鲜艳的红宝石是她丰润的双唇(chún)，晶莹剔透的蓝水晶是她明亮的双目。爱神阿佛罗狄忒为她披上精致的衣袍，于是她便拥有了无比的魅力；智慧女神雅典娜为她戴上美丽的花冠，于是她便有了非凡的智慧和高超的技艺；神使赫耳墨斯教会她说话，于是她便有了出色的语言天赋。神明们纷纷祝福这个美丽的姑娘。最后，她来到了神王夫妻面前。赫拉送给她一颗好奇的心，宙斯则为她赐(cì)名潘多拉，意思是“享有一切天赋”。

宙斯命令神使将她带往人间，并将她许配给了厄庇墨透斯。出发前，宙斯拿出了一个精美的小盒子，上面挂着一把金锁。他对潘多拉说：“这里面装着我为你准备的新婚‘礼

物'。不过，你可千万不能打开它。"潘多拉不明白宙斯的用意，这位天真的姑娘点头答应了宙斯，便去人间履行她的使命了。

普罗米修斯是世间最聪慧的先知，他的弟弟厄庇墨透斯却是个憨厚的老实人。尽管哥哥曾警告过他，千万不要接受宙斯的任何礼物，但厄庇墨透斯一见到潘多拉，便把哥哥的忠告抛在脑后了。

"她是多么美丽，多么可爱啊！"厄庇墨透斯完全沉浸在新婚的幸福中了，满心满眼都是妻子的优点，"她的一举一动都是那么优雅，每一句话都是那么动听。她还那么聪明，没有任何问题能难倒她。唉，就连她的手艺都是那么精巧，看看她织的花样！"

潘多拉也快活极了，自从来到人间，她每一天的生活都充满了乐趣。一切都是她没见过的，一切都是她没经历过的。虽然有时觉得自己的丈夫呆头呆脑的，但她还是很爱他，愿意和他分享自己的一切。

"看，这就是天神送给我的新婚礼物。"潘多拉眨着她迷人的大眼睛，捧着小盒对丈夫说，"不过他让我千万别打开它。”她轻抚着盒面上精致的雕花，忽地又皱起了眉头，小声对丈夫抱怨道：“虽然天神这么说，但我真是太好奇里面装着什么了。说实话，光是这个盒子就足够精美了，里面的礼物不知道该有多珍贵呀！”

这甜蜜的烦恼并没有让厄庇墨透斯感同身受，反倒是让他想起了哥哥的警告。他那总是挂着笑容的脸变得有些僵(jiāng)硬。尽管他平日对妻子百依百顺，这时却忍不住劝说道：“亲爱的，我们还是不要随便违抗天神的命令吧，你可千万别打开它。”

潘多拉那颗好奇的心正在兴奋地跳动着，仿佛在催促她打开那盒子瞧一瞧。不过她还是很愿意听丈夫的建议的，便把小盒子锁在了柜子里。毕竟她的生活里充满了有趣的新鲜事，何必整日挂念着这个不能打开的盒子呢。

潘多拉实在是太能干了。她把菜圃(pǔ)和花园打理得井井有条，屋子里也收拾得一尘不染。那些需要修理的物件，需要缝补的衣物，在潘多拉的巧手下很快就恢复如初。等把采来的葡萄洗好，给花瓶换上新的鲜花和水之后，她就真的无事可做了。她只好坐在小凳上拨弄麻线，一边想着做个什么新的花样，一边等丈夫忙完回家，陪她聊天。

“要是有什么新鲜东西就好了。”潘多拉小声嘟囔（dū nāng）着，“不然就太无聊了！我总不能整天就做这些重复的事吧。”

很快，她那灵活的思绪就飞到了柜子的深处，在那个神秘的盒子边不停地扑腾着，好像在催促她：“快一点儿吧！潘多拉，快来看看！”潘多拉心里痒痒的。她忍不住想：“我就远远地看一眼，不碰它。”还没等她反应过来，柜子就已经打开了，那小小的盒子就在她的面前。

它真是精美极了！木制盒面打磨得如镜子一般光滑，还涂上了上好的油脂，哪怕放在最深的角落里，盒身依然隐隐泛着光亮。繁复而生动的雕刻装饰着盒子的每一个角落，数不清的动物和人在茂密的花木之间嬉（xī）戏。潘多拉忍不住取出盒子，把它放在阳光下细细欣赏。在阳光下，盒面描画的金线闪耀着迷人的光泽，牢牢地抓住了她的双眼。

她捧起小盒，仔细欣赏起来。金光晃得她有些眼花，连那些花纹也模糊起来。恍惚（huǎng hū）之中，她眼前浮现出一张小小的面孔，有些狡猾，又有些邪气。它咧嘴笑着，不停地说：“潘多拉，打开吧！潘多拉，打开吧！”

“我就打开一道缝瞧一瞧，立马就把它锁上。”潘多拉着了魔似的，忍不住又想，“等厄庇墨透斯回来，我要告诉他这盒子根本没什么可怕的。他说的根本就不对！”

但她立刻又清醒过来，被自己的想法吓了一跳。这可怕的盒子！潘多拉一下把它扔得远远的，警惕地盯着它。那盒子竟然动了起来，甚至跑到她身边跳起了舞，还伴着节奏不停地说：“小潘多拉，看看我的花纹！好潘多拉，再摸摸我的盖子！聪明的潘多拉，快解开我的锁吧！”

潘多拉的心怦怦跳着，细细的汗珠布满了她的额头。

“哎呀，小潘多拉，厄庇墨透斯就是个愚蠢的胆小鬼。”那盒子接着说，“我只是个小小的盒子，能有什么可怕的？你就打开看一眼，能发生什么事呢？”诱惑就像咒语一样钻进了潘多拉的耳朵，逗弄着她本就旺盛的好奇心。

“我就打开看一眼。”潘多拉内心不断地挣扎，“只看一眼，然后立马就关上，肯定什么都不会发生的。”

但她的手刚一碰到金锁，盒子上的面孔就忽然变了脸色，露出了邪恶的笑容。强烈的不安猛地袭上潘多拉的心头，她还没来得及收回手，那把看起来牢固无比的金锁就啪的一声断开了。

四周顿时昏暗无比，猛烈的风呼啸(xiào)着从盒子里挣脱出来，伴着弥漫的黑雾和咆哮(páo xiào)般的闷响，瞬间席卷了这个世界。原来，这些可怕的怪物正是普罗米修斯造人时的遗留物：愤怒、嫉妒(jí dù)、烦恼、贪婪(lán)……无数的绝望和邪恶重新回到了世间。所有的人类都不再天真快乐了，他们变得自私自利，开始了无穷无尽的争斗。

潘多拉顿时脸色惨白，最后一丝血色也从她

脸上消失了。来不及多想，她猛地扑向盒子，用尽浑身的力气才把它关上。但盒子里已经空空如也，断开的锁也无法恢复原状了。她把盒子扣在胸口，弓着身子痛哭起来：“天神骗了我，这哪里是什么礼物，这是装满了罪孽(niè)的魔盒啊！”

> **你知道吗**
>
> “潘多拉魔盒”寓意灾祸之源，正是来源于希腊神话。

这时，盒子里突然咚咚地响了起来。潘多拉还没来得及惊讶，就听见一道细细的声音传来：“潘多拉，快把我也放出来吧！”这声音带着笑意，奇迹般地抚平了潘多拉的悲伤。但她还是警惕极了，冲着盒子严厉地说：“别想再骗我了，你这个坏东西。”

“亲爱的潘多拉，正是因为你把它们都放出来了，所以我才会出现呀。”

潘多拉瞪大了眼睛，刚想反驳，就听到盒子里接着说：“我是和那群黑乎乎的怪物一起诞生的‘希望’，能够弥补这些过错。事情还没有结束，让我出来工作吧！”

“好吧，反正事情已经够糟的了。”潘多拉噙(qín)着泪，慢慢地把盒子掀开了一个小口。只见一个亮晶晶发光的小球从里面飞了出来，它绕着小屋飞了一圈，那些浓厚的黑雾便被驱散了，阳光重新洒向了地面。

潘多拉觉得奇妙极了，刚刚她还觉得一切都完了，可现在她又充满了力量。“希望”飞到了她的怀中，笑着说：“笑一笑吧，潘多拉。希望就是在绝望中诞生的，就像你现在的笑容是从泪水中绽（zhàn）放出来的一样。不论什么时候，只要你还记得微笑，希望就会永远在你身边；只要你相信希望，绝望就永远也无法伤害你！”

从此，“希望”就留在了所有人类的心中。当绝望和痛苦袭来的时候，“希望”总是支持着人类，帮助他们渡过一个又一个难关。

新人类的诞生

自从人类拥有了火种，他们便不再惧怕黑暗与野兽。火焰让人类进入了新阶段，他们驱逐猛兽，兴建房屋，很快就创造出了辉煌(huáng)的文明。精心烹制的食物让他们更加强健，但烈焰锻造的武器也让他们更加残暴。他们贪婪地索取着，把美丽的自然毁坏得一团糟。绝望和邪恶从魔盒中飞出之后，人类变得更无理、更野蛮(mán)了。对天神的崇敬早已被抛在了脑后，他们不再关爱彼此，反而互相欺骗、争斗，有时甚至相互残杀。

越来越多的神明来向宙斯控诉人类的罪恶。于是，他决定亲自去人间，考察人类的情况。他和神使赫耳墨斯一同来到阿耳卡狄亚。他们驱动法术，摇身变成了一对旅人：头上顶着蓬蓬的乱发，身上裹着磨坏的长袍，看上去风尘仆仆。假如有人看到他们，但凡这人心里还有一点儿善意，都会忍不住请他们到自己家好好休息一晚。

两位神明开始了他们在人间的考察。可是，三天三夜过去了，没有一个人关心他们的身体，也没有一个人愿意让他们来自己家里坐坐，更别提收留他们过夜了。当他们再一次敲响一扇紧闭的门的时候，那人刚探出半个身子，一见到他们这落魄的样子，便没好气地骂道：“哪里来的穷鬼？快点儿滚吧，别弄脏了我家的地。”

两位神明无比失望。他们又听说国王吕卡翁热情好客，正在自己的城堡里招待全世界的旅人，便决定再尝试一次。一见到他俩，肥头大耳的吕卡翁便热情地招待了他们。他命人准备了丰盛的宴席，请两位旅人和他一同用餐。

“尽管吃吧！”吕卡翁咧嘴笑着，看上去有些诡异，“这可是小野猪身上最嫩的肉，今天任你们吃个够！”两位神明的脸色却更难看了。吕卡翁丝毫没有察觉，反倒放肆(sì)地大笑起来，让仆人为他们切肉。宙斯抬手便掀翻了桌子，暴怒的天神现出了真身，伴着雷声怒斥(chì)道：“什么小野猪？这分明是那些被你欺骗的旅人！人类早已犯下无数的罪恶，你却比他们还要可恶。你简直比最贪婪、最残暴的饿狼还要可恶，它们才是你的同类。”不等吕卡翁求饶，宙斯便把他变成了一头狼，驱逐到了森林之中。

天神用雷电摧(cuī)毁了这座充满罪恶的城堡。他的眉头久久未能舒展，在漫长的沉默后，宙斯缓缓开口说道：“赫耳墨斯，人类的罪恶我已经看够了。什么信仰、荣誉，甚至于为人的尊严，都早已被他们遗忘。明天，我将降下暴雨，用一场洪水洗净人间的罪恶。”

赫耳墨斯也沉默了，半晌后，他躬(gōng)身说：“我无意反对您英明的决定。但天色已晚，您需要休息，就让我们再尝试最后一次吧。如果这世间还剩有最后一个正直的人，我们便让他活下去吧。”天神同意了。

伴着昏沉的暮(mù)色，他们敲响了一扇破旧的木门。很快，屋里走出了一对老夫妻。一见到他们，老人便将他们迎进了小屋。

“可怜的年轻人。”老婆婆絮(xù)叨(dāo)叨地说，“累坏了吧，看你们脏的，得有半个月没洗澡了。赶紧喝点热汤，把自己收拾干净，休息好了再上路吧。”

那老爷爷点点头，对妻子的话表示认同。他接着说：“老头子我啊，叫丢卡利翁，她是我老伴儿皮拉。我们没有孩子，可也见不得别人家的孩子受苦。你们就把这里当自己家，一定要好好休息几天！”

屋子又破又小，此时，两位老人再加上两位神明已经把它塞得满满的了。宙斯和赫耳墨斯同老夫妻聊着天，得知他们在这里住了快一辈子。夫妻俩并不富裕(yù)，却很满足。他们精心地照料田地和葡萄园，虽然田产不多，却足够他们生活。宙斯的脸色渐渐缓和了，因为他在这两人的眼中看到了纯粹(cuì)的善意。

“你们都是正直的人，所以，神王将报答你们的善意。”宙斯恢复了他的真身，声音威严却不失温和地说道，“我命令你们打造一艘(sōu)坚实的大船，将食物和家具都搬上去，并在第七天登上船。这样你们才能逃脱这世间最可怕的灾难。”说完，两位神明便消失了。

善良的夫妻不愿意看到他人死于灾难，便劝说邻居们和他们一起造船，可是根本没人相信。邻居们无情地嘲(cháo)笑说：“愚蠢的丢卡利翁！先不说有没有神吧，就你那穷酸样，值得神的眷(juàn)顾吗？”丢卡利翁碰了一鼻子灰，他只好和妻子一起劳作着，并在第七天登上了大船。

待到清晨，太阳即将露出地面时，人间便刮

起了狂风，黑墨般的阴云迅速布满了整个天空。一阵雷声响过，暴雨砸向地面，汇聚成了恐怖的洪水。海神波塞冬举起他的三叉戟(jǐ)，掀起了滔天的海浪，让洪水变得更加可怖。

洪水席卷过田地，漫过山峰，带走了世间的一切。转眼间，那些精心打理的庄园，锻造武器的工坊，金碧辉煌的建筑，还有一切的一切，全部都消失了。洪水淹没了一切，连同人类绝望的呼喊。除了狂风的嘶吼和洪水的咆哮，世间再也没有其他声音。丢卡利翁和皮拉紧紧地依偎在一起，尽管他们很安全，却还是颤抖着，说不出一句话。

洪水一连肆虐(nüè)了四十天。终于，宙斯挥手驱

散了雨云，阳光才得以重新照亮世间。此时，呈现在眼前的是一片平静的水面，所有的罪恶都消失了，所有的生灵也已不复存在，只剩下那对正直善良的老夫妻。

天神的愤怒终于平息了，洪水在他的命令下渐渐退去，贫瘠(jí)的

土地慢慢露了出来。老夫妻看着眼前的荒芜，忍不住痛哭起来："什么都没有了，什么都没有了！"他们紧紧拥抱着彼此，仿佛这样就能驱散心中的悲伤和孤独。

最后，夫妻俩决定向神明祈(qí)求。他们来到忒弥斯①的神庙前，无比虔诚地亲吻着冰冷的石阶，轻声祈求说："正义的忒弥斯，愿神已经不再愤怒，愿神还肯听我们的祷(dǎo)告！罪恶的人类已经得到了应有的惩罚，可是世界也因此变得一片荒芜。慈悲的忒弥斯，请您告诉我们，究竟用什么方法才能让大地重现生机？"

"那你们便背过身去，向前走吧！"忒弥斯被他们的真诚打动了，便降下一条神谕，"手持伟大母亲的骨，将它向你们身后抛去。"

这叫他们如何敢相信？皮拉痛苦地闭上了双眼，颤抖着双唇说："我无意违抗您的意愿，可我也不能这样侮(wǔ)辱自己的母亲啊！请您原谅我吧，我实在是不能遵从您的命令。"丢卡利翁也震惊极了，他望向女神像，那上面还粘着潮(cháo)湿的泥土，

①忒弥斯：代表法律和正义的女神，是秩序的创造者、守护者。

瞬间，他的脑海中闪过一道灵光。

他牵起皮拉的手，安慰妻子说：“世界是由大地女神孕育出来的，世间还有比她更伟大的母亲吗？女神所说的伟大母亲正是大地啊！那母亲的骨便是大地上的石块，这才是女神的真意。”于是他们转过身去，一边向前走，一边向身后抛出石块。

奇迹发生了，坚硬的石块竟然渐渐柔软，迅速生长起来。石块渐渐变成了人的骨架，石块上湿润的泥土便生成了人的血肉，转眼就变成了一个活生生的人。丢卡利翁抛出的石块化为了男人，皮拉抛出的石块化为了女人。这便是新人类的起源，他们被正直的人创造出来，体内蕴(yùn)藏着源自原始神的力量，将要创建恢宏的功业。人类的英雄时代就此开启。

你知道吗

在古希腊神话中，人类的时代经历过几次演变。其中英雄时代是第四个时代，“英雄”在希腊神话中专指神祇(qí)与凡人的后代。

伊 俄

希腊最早的一批居民是彼拉斯齐人，他们的国王叫作伊(yī)那科斯。他有一个聪慧美丽的女儿，名叫伊俄。伊俄活泼又调皮，最向往自由自在的生活。她并不贪恋宫殿中奢侈(shē chǐ)的享受，而是喜欢和自己的小羊在原野上嬉戏，享受旷(kuàng)野的微风拂过面颊的温柔。奥林匹斯的诸位神明也都非常怜爱这位快活的小姑娘。只要她出现在原野上，他们便会微笑着注视她，看着她快乐地游戏。

就连天神宙斯也为她倾倒，无法自拔地爱上了她。当伊俄再次出现在原野上时，他忍不住化身为一个俊美的男子，深情地向她诉说自己的爱慕：“美丽的姑娘，你的笑脸比山间的精灵还要明

艳，你的身姿比水中的宁芙还要动人。那些凡夫俗子怎么配做你的丈夫？”

伊俄被这突然出现的陌生人吓了一跳，警惕地看着他。

宙斯立马换了轻柔的语气，说：“你不必害怕，我是宙斯，是这世上最伟大的天神。我是多么爱你，只要你能成为我的妻子，我愿意永远保护你，绝不会让你受到任何伤害……”可他的花言巧语一点儿也没起作用，伊俄早就看出他不怀好意，转身便逃。她就像小羊一样灵巧，宙斯还没反应过来，这姑娘就已经快要逃出他的视线了。

狡猾的天神立刻驱动法术，让漆黑的浓雾笼罩了原野，伊俄只能放慢脚步。眼看宙斯就要抓住她的手，忽然，一个带着讥讽(jī fěng)的声音传了过来：

“哼，偷偷摸摸的，你又在干什么好事？”

这声音简直就是宙斯的噩(è)梦，他立刻用法力将伊俄变成了一头雪白的小牛，自己再顺势往地上一靠，表现出一副悠闲的样子。他拍了拍小牛的头，故作轻松地说：“啊，亲爱的赫拉，我正在享受人间的阳光呢！”

赫拉挑起一边的眉毛，嘴角微微上扬，声音

里却不带一点儿笑意："阳光？我刚刚在天上看见这里飘着一团黑雾，觉得奇怪才下来看看呢。"说完，她像是刚刚发现伊俄似的，一脸惊喜地说："多漂亮的小牛！你从哪儿弄来的？"

宙斯生怕她发现实情，只好随口糊弄道："它生于这片美丽的原野，是头珍贵的纯种牛！"赫拉早就看出了宙斯的不对劲，心里一阵好笑，嘴上却若无其事地说："我正想要这样美丽纯洁的动物当宠物呢！亲爱的宙斯，就请你把它送给我吧，我会好好珍惜它的。"

宙斯左右为难起来：如果他答应了，可爱的伊俄就会离开他；可要是拒绝了赫拉，等她发现实情，伊俄一定会遭到她的报复。思来想去，宙斯只好把伊俄送给了赫拉。可怜的伊俄说不出话，

只能发出哞(mōu)哞的叫声，表达着自己的不情愿。两位尊贵的神明却根本不在意她的想法，就这么轻率(shuài)地决定了她的命运。

赫拉在小牛的脖子上系上一条精美的带子，就这么带走了伊俄。为了不让宙斯救走她，赫拉便把伊俄交给百眼巨人阿耳戈斯看管。正如他的名字一样，阿耳戈(gē)斯头上长着一百只眼睛，是位优秀的看守。就算是休息的时候，他也会留下一部分眼睛继续睁(zhēng)着，紧紧地盯着他的囚徒。

就这样，伊俄整天被严密地看管着。饿了，只能用苦涩(sè)的青草和树叶充饥(jī)；渴了，只能用肮(āng)脏的泥水解渴；困了，只能睡在冰冷的泥地上。痛苦的生活折磨着伊俄，很多时候，她几乎快要忘记自己是人类了。等她好不容易找到一汪清泉，正要低头饮水时，水中出现的人牛的倒影又提醒了她。

“为什么要这样折磨我？”伊俄痛苦地闭上了眼睛，“我犯了什么错？”她想哀求巨人放了她，但发出的只有哞哞的叫声，听起来陌生又凄厉，自己都吓了一跳。

宙斯自知理亏，根本不敢让赫拉放了伊俄，

但他也不忍心让伊俄受这样的折磨。一时间，这位尊贵的天神竟然愁得只能在神殿里叹气。机敏的赫耳墨斯很快就察觉到了宙斯的焦躁，便自告奋勇说：“亲爱的父亲，我知道您为何如此烦恼，就让我去解救那可怜的姑娘吧。”

赫耳墨斯很快便找到了百眼巨人，和他攀(pān)谈起来。见多识广的神使很快就用精彩的故事征服了巨人，阿耳戈斯恨不得让他再讲个三天三夜，但还记得自己的职责，只能苦恼地说：“今天就先到这里吧，我得换个地方放牛了。”赫耳墨斯便拿出了他的笛子，惋(wǎn)惜地说：“那好吧。不过，我的朋友，请让我为你吹一首曲子吧！祝你有个美好的夜晚。”巨人欣然同意，但他没有想到的是，这笛声拥有令人无法抗拒的魔力，让他陷(xiàn)入了沉沉的睡眠。

阿耳戈斯刚闭上最后一只眼睛，赫耳墨斯就用剑斩(zhǎn)下了巨人的头颅，顺带斩断了伊俄脖子上的束缚，让她重获自由。虽然还保持着小牛的样子，但伊俄觉得从未如此轻松过。她在草地上快活地跑来跑去，哞哞地叫着，向神使表达自己的感谢。

看着快活的伊俄，宙斯紧绷(bēng)的心情终于放松了下来。想到妻子如此严防死守，却还是让自己找到了机会，宙斯不禁有些得意。他甚至作出了一个让自己日后都后悔莫及的决定：他把百眼巨人的头送到了赫拉面前，宣告自己的胜利。

地上的一切都没有逃过赫拉的眼睛，宙斯的挑衅(xìn)更是直接点燃了她的怒火。天后不甘示弱。她先是将巨人的眼睛装饰在了孔雀的羽毛上，让这鸟儿时时待在自己的身边。随后，她又变出一只牛虻(méng)，让它一刻不停地叮咬伊俄。被牛虻追来逐去，小牛只能一刻不停地奔逃着。只要她一停下，那可怕的疼痛便会袭来，逼得她发狂。

伊俄钻进山林，跳入湖水，可牛虻依旧紧紧地跟着她，时时叮咬，用可怕的疼痛折磨她。她逃到高加索山脚下，又逃到斯库提亚，甚至逃到

了海边，却依然无法摆脱牛虻的追赶。伊俄绝望地叫着，可怜的哞哞声让海神也心生不忍，他为可怜的小牛辟开一条新的道路，让它穿过海洋来到了非洲。伊俄实在是太疲惫(bèi)了，她没有力气再逃，奄(yǎn)奄一息地倒在了尼罗河的河岸上。牛虻依然叮咬着她，剧烈的疼痛让伊俄流下了绝望的泪水。她扭动脖子，艰难地望着希腊的方向，眼神无力地哀求着。

伊俄的目光深深刺痛了宙斯的心。骄傲的天神第一次后悔了，他急忙赶到妻子身边，希望她能放过伊俄。刚一踏入赫拉的神殿，宙斯便察觉到无数视线正冷冷地盯着自己。他惊讶地发现，赫拉身边立着一只流光溢(yì)彩的鸟儿，美丽的尾羽上似乎长着无数双眼睛，炯(jiǒng)炯有神，仿佛能洞察世间的一切，就连他也逃脱不了。

你知道吗

孔雀是天后赫拉的圣物。在关于希腊神话的画作中，赫拉与孔雀形影不离。独特的标志物正是我们分辨天神的关键(jiàn)。

宙斯不禁出了一身冷汗，他拉起赫拉的手，请求说：“亲爱的赫拉，请你发发慈悲，饶恕这个可怜的姑娘吧！这都是我的错，可她是无辜(gū)的啊！”

赫拉看着她的丈夫，平静地说：“你还是觉得，是因为我的怒火才让她受此折磨的吗？”她转头望着尼罗河的方向，伊俄似有所感，又发出哀求的叫声。赫拉威严的面孔上露出一丝不忍，但她还是沉默着，扭头看向自己的丈夫。

“是我错了！都是因为我自私的追求，才让无辜的姑娘遭受了本不应该经历的苦难。”宙斯终于低下了他尊贵的头颅，指着冥河[①]，向他的妻子发誓说，“我向冥河发誓，我再也不会、永远也不会追求别的姑娘了！”终于，赫拉收回了牛虻，并同意让伊俄恢复原身。

变回少女的伊俄成了埃及的女君主，她的孩子便是后来的埃及国王，名叫厄帕（pà）福斯。埃及人民非常爱戴这两位仁慈的王，将他们尊奉为伊西斯神和阿庇斯神，长久地向他们献上虔诚的信仰。

①冥河：斯提克斯河。传说凡人只要碰到冥河水就必须进入冥界，不得返回，神明若是越过此河，便会失去神性。因此，神明以冥河的名义发誓是最为隆重的誓言。

俄耳甫斯与欧律狄刻

俄耳甫斯是太阳神阿波罗和缪斯女神卡利俄佩的孩子，他天生拥有一副动听的歌喉(hóu)，有着出众的音乐才华。夫妻俩十分疼爱这个孩子，为了他，阿波罗还专门请人打造了一把精美的七弦琴。每当俄耳甫斯拨动琴弦，唱起母亲教给他的歌曲时，天地间的一切生灵都会为他的歌声倾倒：鸟儿来到他身边，和着歌声飞舞；鱼儿纷纷跃出水面，伴着节奏拍打水花；森林中的野兽也不再奔跑，而是静静地驻(zhù)足，倾听这动听的声音；不能移动的树木伸展开枝叶，就连坚硬的岩石也在他的歌声中柔软了几分。

水神欧律狄刻爱极了俄耳甫斯的歌声，于是两人便结为了夫妻。他们相亲相爱，心中充满了柔情，时时唱着动听的歌曲，沉浸在幸福之中。

但命运之神并没有眷顾这对年轻的夫妻。一日，欧律狄刻和她的女伴们在山间漫步，她们一路嬉戏打闹，快活的笑声回荡在林间。欧律狄刻忘情地沉浸在欢乐中，一不小心踏进草丛，却没有发现里面卧着一条毒蛇。只听见一声痛叫，欧律狄刻倒在了地上。女伴们惊恐地把她抱在怀里，可惜她们还没来得及察看，欧律狄刻就在蛇毒的侵害中断了气。

悲声回荡在山谷间，俄耳甫斯循声赶来，却只看见欧律狄刻惨白的面容。他止不住地流泪，紧紧抱着妻子的尸体，向天地哀唱着他的悲伤。女神们也一起哀唱起来，很快，山间的鸟儿和鸣虫也加入进来。他们一起哀唱着，希望能唤回欧律狄刻的灵魂，让她重回世间。但欧律狄刻的灵

魂早已越过冥河，沉入了地底。最后，绝望的俄耳甫斯作出了一个可怕的决定——他要到最阴暗的冥府去，请求冥王哈迪斯放回妻子的灵魂。

地底世界昏暗无比，一个个亡灵的影子时不时浮现在他身边，带着阵阵的阴风。一旦触碰到亡灵，他们曾经的记忆便出现在俄耳甫斯脑海中，就连他们经受的痛苦也隐隐浮现。这是俄耳甫斯第一次感受到死亡，他只觉得自己处在一片孤寂的虚无之中，寒冷正一点一点地夺走他身体的温度。不过，俄耳甫斯心中没有一丝恐惧，他一心想着自己的妻子："我可怜的欧律狄刻，你竟然要经受这样的折磨吗？"

俄耳甫斯拨动琴弦，哀哀地歌唱起来，诉说着自己对妻子的思念，祈求她的灵魂能循着歌声回到自己身边。他的歌声柔情似水，那些冰冷的幽魂听了，都忍不住流下了眼泪，慢慢为他让出一条道路；一向铁面无私的摆渡人听了，主动载他渡过了冥河；凶暴残忍的三头犬听了，竟温顺地趴在了地上，喉咙发出悲伤的呜呜声；就连心硬如石的复仇女神也被他的歌声打动，她们冷酷无情的脸上第一次流露出了悲伤的神情，泪水充盈了她们的眼眶。

“伟大的哈迪斯的宫殿就在前方。”三位女神齐声说着，她们的声音低低的，就像被眼泪浸泡过一样，“去吧，去向他歌唱你的思念，诉说你的悲伤吧。”

俄耳甫斯就这样一路走到了冥王的宝座前，他再一次拨动琴弦，用歌声诉说着自己的祈求：“伟大的冥府主人啊，我们的灵魂终将归于你的统治下，但此时，请倾听我的歌声吧。我来此并非想冒犯您，我只是为寻回我可怜的欧律狄刻。她是我的生命，我的欢愉，可毒蛇把她夺走了！我知道，我们最后都会来到您的王国，但此时，请您让她回到我的身边吧！俄耳甫斯不能离开她独活，只要她还在这里，我就无法离去。如果她不能和我一起回到阳光之下，就请让我的灵魂也留在这里，永远地陪伴她吧！”

他的歌声是如此的悲伤，冥后珀耳塞福涅忍不住落下泪来，冥王哈迪斯也犹豫了。珀耳塞福涅想起了自己的妈妈，当年她被哈迪斯掳（lǔ）到冥界时，德墨忒尔也是这般心碎，这叫她怎么忍心看着这对夫妻生死分离呢？她哽咽（gěng yè）着说：“那你就带走她吧。但你要记住，在穿过冥界的大门之前，你绝对不能回头看她。”哈迪斯点点头，低声说：“是的，在你们返回人间之前，绝不能回头看你的妻子。否则，死去的灵魂将会再次坠(zhuì)入地狱，你就会永远失去她了。”说完，珀耳塞福涅便唤来欧律狄刻，这位可怜的姑娘正忍受着蛇毒带来的剧痛，浑身颤抖。

俄耳甫斯带着自己的爱人离开了，他牵着她，在黑暗中快步前行。回去的道路比来时更加黑暗，刺骨的阴风无情地席卷了过来，似乎要将这对可怜的恋人吞没。俄耳甫斯紧紧握住欧律狄刻的手，小心地摸索着，寻找通往地面的道路。

黑暗浓得化不开，它不仅吞噬(shì)了本就少得可怜的微光，甚至连声音也全都吸走了。四周如死一般寂静，渐渐地，俄耳甫斯感觉自己手上爱人那冰凉柔软的触感正在消失，耳朵里也不再传来她微弱的呼吸声和衣裙窸(xī)窸窣(sū)窣的摩擦(cā)声，不安立刻袭上了他的心头。就在阳光隐隐透露出来的那一刻，害怕失去爱人的恐慌终于压倒了俄耳甫斯，他无法控制自己，飞快地回头看去。

他看到欧律狄刻那双悲伤而温柔的眼睛，看

到她苍白的嘴唇在一张一合。他还没来得及伸出双臂抱住她，欧律狄刻就坠入了冥府的深渊。她向她的爱人伸出双臂，想要再一次抚摸他柔软的头发。可是这再也不可能了，她的身影消失在了黑暗中，只有幽幽的声音从远处飘来，在俄耳甫斯耳边轻轻荡开。

“再见了，亲爱的俄耳甫斯。永别了，我的爱人。”

俄耳甫斯痴（chī）痴地伸着手，仿佛雕塑一般凝固在了原地。他立刻反应过来，想追着妻子再次返回冥界，却被摆渡人拦在了冥河边。这一次，不论俄耳甫斯怎么哀求，摆渡人都拒绝载他过河。绝望的俄耳甫斯跪坐在冥河岸边，他不停地哭诉，希望冥王能再次降下他的慈悲。可他一连哀唱了七天七夜，直到声音都嘶哑了，也不曾得到丝毫回应。

俄耳甫斯只能带着无限的悲哀和一颗破碎的心回到了人间。他不

再见任何人，终年藏在山林深处，唱着思念的哀歌，直至死去。他的灵魂再一次来到了地底，这次，他终于能和欧律狄刻永远在一起了。

他悲伤的母亲卡利俄佩埋葬了自己亲爱的儿子。传说，夜莺会在他的坟头歌唱，其声婉(wǎn)转，胜过在希腊的任何地方。他的父亲阿波罗因怀念爱子的琴声，便请求宙斯将俄耳甫斯的七弦琴挂在天际，常伴自己身边。七弦琴后来化作了夜空中的星星，这便是天琴座的由来。

你知道吗

人们根据天上恒星的自然分布，将其划分为不同的星座。它们为人们指引方向，照亮黑暗中的道路。你还知道哪些有关星座的故事呢？

阿里阿德涅之线

克里特岛上生活着一头可怕的怪兽。它长着牛的脑袋和人的四肢，胃口好似无底洞，除了人的血肉，别的什么食物都满足不了它。照理说，这样可怕的怪兽早应该被杀死，可克里特岛的国王米诺斯偏偏请人修建了一座巨大的迷宫，将它圈(juàn)养在里面。他还给这头怪兽取名叫作弥诺陶罗斯，日日用血肉精心喂养它，实在是残忍至极。

就在三年前，雅典和克里特岛之间爆发了一场大战。雅典人战败了，他们不得不向克里特人求和。由于和雅典人之间有很深的仇怨，米诺斯提出了一个条件：除非雅典每年送来七对少男少女，供他喂养自己的宠物，他才会休战，否则他就要踏平雅典。

从此，每到抽签挑选祭品的时候，雅典城便笼罩在悲伤和绝望之中。那些被选中的年轻人痛哭着与他年迈的父母告别。每一个雅典人都忍不住落下泪来——这些鲜活的生命马上就要被填进那头怪兽的肚子了！

可是，米诺斯王的意志是不可违抗的。这样

的惨剧在雅典一连上演了三年，转眼间，又到了向克里特岛献上“祭品”的时候了。如血的夕阳下，雅典的船只缓缓驶入了克里特岛的港口。士兵们很快就把“祭品”赶下了船，把他们押送到王宫，准备接受国王的检查。年轻的少男少女们紧紧挨在一起，无助地等待着自己接下来的命运。

他们的眼中满是恐惧，苍白的双唇不停地颤抖着，任谁看了都会心生怜悯(mǐn)。可米诺斯的心肠比铁石还要硬，这个残忍的家伙，正计划着该什么时候把他们喂给怪兽呢！然而，也依然有人在为这些可怜的生命感到痛心，那就是国王的女儿阿里阿德涅。泪水打湿了公主的脸颊，她忍不住向父亲哀求：“他们都是好男儿和好姑娘，还没来得及体验人生的幸福呢！为什么一定要牺牲他们，难道就真的没有别的办法了吗？”

“又在说傻话了，阿里阿德涅。”米诺斯粗声粗气地打断了她，不耐烦地说，“这都是雅典那帮胆小鬼自找的。不拿他们去喂弥诺陶罗斯，难道要牺牲我们英勇的克里特子民吗？”阿里阿德涅当然热爱克里特的人民，她无法反驳父亲，只能在一旁哭泣。

米诺斯无动于衷，他摆摆手就要叫士兵把这些“祭品”关起来。但他的命令还没说出口，就看到一个雅典的年轻人正直直地盯着自己。那少年的脸上没有一丝恐惧，反而带着嘲讽和愤怒。

“小子，你什么意思？”米诺斯狞(níng)笑起来，“哦，你们雅典人当然恨我。但你马上就要进弥诺陶罗斯的肚子里了，不趁着这个时候哭着喊妈妈，待会儿可就没机会了！”

年轻人面不改色，他的目光依然坚定，骄傲地挺直了自己的背。“我不害怕，因为我是为了雅典的明天自愿来到这里的。就算我会被怪物吃掉，那也是光荣的牺牲。”他的声音沉稳而动听，回荡在国王的宫殿里，“但毫无疑问，你是个无耻卑鄙(bǐ)的小人。你比弥诺陶罗斯还要可恶，它只是个没有智慧的畜生，你才是那个失去了人心的恶兽！”

“哦？原来你是个勇敢的少年。”残忍的米诺斯哈哈大笑，“那你明早就第一个去见弥诺陶罗斯吧。运气好的话，你还能告诉我，我跟它谁比较像怪兽呢！”

士兵很快就带走了这群雅典人，米诺斯也准备回后宫休息了。但他们没有一个人注意到，阿里阿德涅公主早就停止了哭泣。她望着年轻人离开的方向，目光灼灼，仿佛心中有一团火焰正被点亮。

黑夜很快就来临了，一路上担惊受怕的“祭品们”此时大多已沉沉睡去。那位年轻人却依然醒着，他守在伙伴们身边，仿佛正在思考什么。突然，牢房的门被打开了，一道纤细的身影出现在他的面前，正是阿里阿德涅。

她轻声催促道：“我骗走了守卫，快把你的伙伴叫起来吧。船就在港口，你们快趁天黑离开。”

但年轻人摇了摇头，坚定地说：“我们走了，你该怎么办呢？再说，就算我们逃掉了，将来也

会有无数的年轻人被送来。我一定要杀死那头怪兽，结束这场悲剧！”

阿里阿德涅不愿看着这个英勇的年轻人白白送死，还想劝他离开。他却说：“因为我是忒修斯，所以我必须这样做。身为雅典的王子，我要保护我的子民。”这下，阿里阿德涅不再反驳他了，因为换作是她，她也会为自己的子民牺牲的。

“那就跟我来吧。”

公主的神情也变得坚定起来，她带着忒修斯在黑夜中潜（qián）行，不一会儿就来到一堵高大的石墙面前。就在这时，一声沉闷的咆哮从前方传来，不由得让人后背发冷。

“那就是弥诺陶罗斯的叫声，等你进入迷宫，只要循着它的声音，就能找到它藏身的地方。”阿里阿德涅一边说着，一边取出了一把宝刀和一个线团，“这把宝刀是我用来防身的。我想，它是我现在能找到的最好的武器了。”

她把宝刀交给忒修斯，紧接着又将线团的一端放在他的手心，认真地嘱咐说：“这座迷宫是伟大的工匠代达诺斯修建的，没有人能记得回来的路。所以，你一定要抓住这根丝线，我会牵住它的另一头，为你引路，一直在这里等你回来。去吧，勇敢的忒修斯！”

时间紧迫，忒修斯对公主点点头，转身便进入了迷宫。迷宫的石墙高大无比，就连明亮的月光也照不清脚下的道路。忒修斯还没走几步，就已经看不见入口了。他的身边只有光秃秃的石墙和无边无际的黑暗，偶尔传来几声弥诺陶罗斯的咆哮。如果不是手中的丝线还微微颤动，他差点就要以为自己已经来到另一个世界了。

忒修斯一手拿着宝刀，一手捏着丝线，警惕地前行着。他循着怪兽的声音，钻过了一道又一道暗门，爬过了一层又一层台阶，逐渐走到了迷宫深处。弥诺陶罗斯的声音越来越清晰，也越来越可怖，仿佛野牛的怒吼，又像是人类失去理智时的嘶叫。这个怪兽用嘶吼表达着自己的饥饿，吐露着对人类的仇恨。它的声音在空荡荡的迷宫里回响着，充满了愤怒和贪婪。忒修斯每前进一步，声音就更加清晰一些，到了最后，他甚至以为怪兽就在自己的耳边，喷着粗气。

忒修斯的心怦怦直跳，他说不清自己是恐惧还是兴奋。但当手里的丝线微微颤动时，他总能冷静下来。一想到阿里阿德涅正在外面替他担心，这个年轻人的心中就鼓足了勇气，好像公主就在他的身边鼓励他一样。

不知道第几次从墙角探出头了，忒修斯终于看到了那头可怕的怪兽的真面目。这家伙的身躯如山般庞大，像人一样双腿直立着，却长着一个丑陋的牛脑袋。忒修斯紧紧地贴在墙上，屏息观察那头怪兽，准备随时冲上去和它决斗。或许是他停留太久了，手中的丝线忽然明显地抖动了一下，阿里阿德涅担忧的面孔顿时浮现在他眼前。他轻轻晃动了一下丝线，向公主传递了平安的信息，随即拔出了宝刀，准备上前制服那头怪兽。

弥诺陶罗斯一转身发现了忒修斯。它怒吼着猛扑过来，张开血盆大口，想将他吞下。忒修斯

敏捷地躲开了攻击，反倒是怪兽一头撞在石墙上，发出了痛苦的咆哮。弥诺陶罗斯发起狂来，在迷宫中央的空地上横冲直撞，却怎么也抓不住灵活的忒修斯，结果自己撞得浑身是伤。就在怪兽调转方向的一瞬间，忒修斯一跃而起，手握宝刀朝着它的脖子劈了过去，接着又刺中了怪兽的头颅，结束了这场恶斗。眼看月亮就要西沉，忒修斯来不及休息，转身便循着丝线往回走，终于回到了迷宫的入口。

一见到他，阿里阿德涅就露出了惊喜的笑容，她忍不住微微提高了声音，兴奋地说着："你真的做到了！"

"都要多谢你，亲爱的阿里阿德涅。"忒修斯也忍不住笑起来。他抬起自己的手，语气轻快地说，"多亏这条丝线，它让我觉得你好像就在我身边，才让我有勇气战胜怪兽。"

"我也很高兴，它真的帮你找到了回来的路。"阿里阿德涅不好意思地眨了眨眼睛，她接着说，"天就要亮了，我们赶紧去把你的朋友们叫起来吧。你们一定要在天亮之前离开，不然，等我父亲发现了，一定会报复你们的。"

他们动作很快，不仅叫醒了所有的同伴，还在天亮之前凿(záo)破了克里特岛除了他们即将逃走要乘坐的船以外的所有船只的船底。他们一个接一个地登了船，只等驶离港口，就再也不用担心有人追上来了。

但忒修斯落在了队伍的最后，年轻的王子面露难色，迟迟不肯上船。终于，他鼓起勇气向阿里阿德涅发出了邀请："亲爱的阿里阿德涅，请你和我们一起走吧。你是那么善良、那么聪慧，而你的父亲却是那么残暴。你放走了我们，他肯定会大发雷霆(tíng)的。请你和我们一起去雅典吧，我的父亲爱琴王，还有我们雅典的所有子民，都会把你当作大恩人，好好感谢你、保护你的！"他的语气是那么恳(kěn)切，因为他是多么担心这位公主的命运啊。

"那我就更不应该离开了。"阿里阿德涅的神情温和而坚定，她轻声说，"我父亲当然会生气，因为他已经被那头怪兽迷惑太久了，忘记了自己曾经是个英明的君王。如果连我也离开他，谁来提醒他的错误呢？他会发怒，但他会很快想起来自己对我是多么珍爱。再过不久，他就会收回让雅典进贡的命令了。为了我的父亲，也为了克里特和雅典，你们快离开吧！祝你们一路顺风。”

雅典的年轻人们站在船尾，挥手向阿里阿德涅道别，诉说着他们的感谢和祝福。晨光为阿里阿德涅的身影披上了一层朦(méng)胧(lóng)的薄纱，她是那样美丽，又是那样高贵。她一直向小船挥着手，为她的朋友们送行，直到他们从视线中消失。

点拨

晨光披身的耀眼与和暖，衬托了阿里阿德涅的善良、智慧、勇敢。

后来，忒修斯王子成了雅典的国王。人们十分敬爱这位贤明的君主，将他的传奇故事一代又一代地传颂了下去，阿里阿德涅的故事自然也包括在其中。对这位公主的善良和聪慧，人们津津乐道。每当他们陷入困境的时候，总会想起身边还有像阿里阿德涅一样的人正在指引和等待他们，带给他们坚持下去的勇气和温暖的陪伴。人们将指引他们走出困境的珍贵线索，亲切地称作“阿里阿德涅之线”，以此永远纪念这段佳话。

戈尔工的凝视

国王阿克里西俄斯得到了一道神谕，它预言，他的外孙将会谋害他的性命，并夺取他的王位。国王惊恐万分，为了不让神谕应验，他将公主达那厄和她的孩子佩耳修斯关进一个木箱，丢到海里，让他们自生自灭。母子二人在风浪中颠簸(bǒ)着，最后漂流到了塞里福斯岛，被渔夫迪克提斯救上了岸。

渔夫是个正直善良的好人，他时常关心这对无依无靠的母子，直到佩耳修斯长成一个英俊强壮的小伙子，能够自己保护母亲为止。渔夫的哥哥名叫波吕得克忒斯，是塞里福斯岛的国王，他是个坏心眼的家伙。为了强占达那厄为妻，阴险的国王命令佩耳修斯为他取来戈尔工的首级，他想要让这个年轻人在危险的任务中丧身。天真的佩耳修斯根本不知道自己陷入了一个可怕的圈套，他毫不犹豫地答应了下来。他雄心勃勃，准备漂亮地完成任务，好让母亲为自己感到骄傲。

听说佩耳修斯接下了这个任务，岛民们纷纷在他的背后指指点点，无情地嘲笑他的愚蠢。

“这傻小子！”他们放肆地笑着，“等着被美杜莎变成石头吧！”

原来，戈尔工是三只凶恶的女妖。她们个个人身蛇尾，长着一对黄金翅膀，能在高空中飞速移动。她们有金属一样坚硬的鳞甲，一对又长又尖利的爪子，只需要轻轻一划便能将人的躯体斩断。她们头上长的不是头发，而是整整一百条可怕的毒蛇。毒蛇盘踞(jù)在戈尔工美艳的面孔之上，时不时吐出布满毒液的蛇信，露出可怕的牙。比这些更可怕的是，一旦有人忍不住看向她们的脸，戈尔工的注视就会把他变成冷冰冰的石像！

这下，佩耳修斯终于明白国王的圈套是多么的险恶了。他和强大的怪兽搏斗时，不仅要避免被她们撕成碎片，还得一直闭着眼睛！这根本就是有去无回的任务，他要么被女妖杀死，要么变成一块石头。

佩耳修斯无法违抗国王的命令，也不愿意让母亲为自己担忧。这个可怜的年轻人只好全副武装，连夜离开了小岛。皎(jiǎo)洁的月光洒向海面，泛起星星点点的微光，洁白的沙滩在温柔的月色里显得格外迷人。但佩耳修斯无心欣赏美景，他坐在岸边的礁(jiāo)石上，心中满是凄凉。一想到日后，母亲很可能一个人孤零零地活着，这个坚强的小伙子就忍不住鼻头发酸，眼睛里泛起了泪花。

忽然，一道阴影遮住了月光，随即传来一个好奇的声音："佩耳修斯，你在哭什么呢？"

佩耳修斯被吓了一跳，他发现身后不知何时站着一个人。那人戴着一顶可爱的帽子，上面装饰着一对小翅膀，手上拿着一根弯曲的手杖，正睁大眼睛好奇地盯着他。

"要是遇到麻烦了，不如跟我商量商量吧。我们两个脑袋，肯定比你一个人在这儿瞎想管用！"

陌生人的关心让佩耳修斯好受不少，反正他也想不出办法，还不如和这个人商量一下。他三言两语就讲清楚了事情的来龙去脉(mài)，最后皱着眉头叹了口气，说："总之就是这么一回事，我不怕和怪兽搏斗，可要是我变成石头了，我的母亲该怎么办呢？"

"还真是棘手，但我会帮你的！"那人摸摸下巴说，"我有个脑子很灵光的姐姐，她肯定知道些线索。"

“你姐姐？”

“对啊！我叫赫耳墨斯[1]，最喜欢在人间冒险了，说不定你还听说过我的名字呢。我姐姐是这世间顶聪明的人，她最喜欢帮助像你这样勇敢正直的年轻人了。”他一说完，佩耳修斯便觉得身边有一阵清凉的微风拂过。只见赫耳墨斯偏着头，眼睛滴溜溜地转着，好像正在听谁说话一样。

“她这就来了！”赫耳墨斯笑着说，“你听好，首先你需要一面擦得光亮的盾（dùn）牌，最好能像镜子一样亮。然后，你需要戴上隐身盔（kuī），穿上飞鞋，再拿上一个魔袋。我姐姐已经替你借来了！”佩耳修斯简直不敢相信，这些东西转眼就出现在自己面前。等他穿戴好，赫耳墨斯又把自己的鞋

①赫耳墨斯：宙斯的孩子，智慧女神雅典娜是他同父异母的姐姐。

子脱了下来，笑着扬了扬下巴，让他穿上。

“穿上飞鞋，这样你就能跟上我了！”

只见赫耳墨斯帽子上的翅膀轻拍了两下，他就飞上了天空，还示意佩耳修斯跟上他。佩耳修斯试着用力一跳，飞鞋就托着他上了天，稳稳当当地跟在赫耳墨斯后边。他惊喜极了，心中越发佩服眼前这位神通广大的朋友，就连担忧也减轻了不少。

他们掠过天空，穿过了一层又一层云雾，越过了一座又一座山峰，一直向西方前进。浪涛声从微弱到越来越清晰，很快，他们就要飞到陆地的尽头了。这时，佩耳修斯的耳边突然响起一个女人的声音。那声音沉静而庄严，让人不禁心生敬畏。

“前面就是陆地的尽头，太阳西沉的地方。”女人的声音还在耳朵，“戈尔工三姐妹就在那座小岛上。”

佩耳修斯左瞧右瞧，可除了赫耳墨斯正冲他做鬼脸之外，别的什么也没看见。他忽然心领神会，想必这就是赫耳墨斯那位聪明的姐姐了。于是，他放下心来，按照女神的指示，仔细观察起来，不一会儿就发现了那座小岛。

海浪正拍打着岩岸，浪涛舒缓地来回摇荡。三只女妖正卧在岩滩上休息，伴着大海的低语沉沉地睡着。月光洒在她们冰冷的鳞片和利爪上，泛出阴冷的光泽。数百条毒蛇正在她们头上缓缓蠕(rú)动着，发出可怕的嘶嘶声，听得人后背发凉。

“看到那只最小的蛇怪了吗？她就是美杜莎，只有她是由凡人变成的女妖，也只有她不是不死之身，能被你的宝剑消灭。”女神不紧不慢地说道，“你千万别看她的脸，利用盾牌照出她的影子，你看着盾牌行动就好。去吧！”

佩耳修斯举起盾牌，小心翼翼地接近美杜莎。她的呼吸缓慢而均匀，丝毫没有预感到危险正在逼近。佩耳修斯飞到女妖的上方，忽地举起宝剑，狠狠地劈向了她的脖子。一瞬间，所有的毒蛇全部扭头看了过来，美杜莎也猛地睁开双眼，目光阴冷地看向佩耳修斯。但她醒得太晚了，就在睁眼的一刹那，她的头颅已经被斩了下来。佩耳修斯用魔袋稳稳地接住，往腰间一系，便驱动飞鞋逃上天空。

另外两只女妖被打斗的声音惊醒，却发现妹

妹已经惨死剑下。她们愤怒地嘶鸣，挥动双翅在空中盘旋着，想要揪出可恶的凶手。而佩耳修斯头戴隐身盔，早就隐蔽身形，逃得远远的了。

佩耳修斯正向塞里福斯岛飞去，准备献上斩获的女妖头颅。回家的路上，他还杀死了凶猛的海妖，解救了美丽的安德罗墨达。佩耳修斯对她一见钟情，在征得她和她父亲的同意后，两人迅速结成了美好的伴侣，一同踏上了归家的旅途。可他还没来得及将新婚妻子带到母亲面前，就听说可恶的国王已经将达那厄囚禁了起来。

听说佩耳修斯回来了，国王命令他赶紧进宫，把美杜莎的头颅献给他。好面子的国王还发布告示宣扬了一番，这下，那些游手好闲的岛民全跑到王宫里来了，叽叽喳喳地吵着要看蛇妖的头。而另一些老实善良的岛民却不愿意凑热闹，他们依旧勤勤恳恳地劳动着。

佩耳修斯解开魔袋，将美杜莎的头颅高举起来。她的脸上还带着怨毒和惊恐，就像她刚刚死去一样，凝视着前方。转眼间，阴险的国王和坏心眼的岛民就变成了石像，他们的生命永远地凝固在了这一刻，再也没法害人了。

最后，为了不让美杜莎继续危害世间，佩耳修斯便将她的头颅献给了自己的恩人雅典娜。女神将女妖之首镶（xiāngqiàn）嵌在自己的盾牌上，伴随自己征战四方，维护着世间的安宁。

赫拉克勒斯的试炼

赫拉克勒斯是天神宙斯与凡女阿尔克墨涅的孩子，同时，他也是英雄佩耳修斯的后代。宙斯十分欣赏他，便在众神的集会上郑重宣布：“佩耳修斯的第一个孙子将会统领他的族人，建立伟大的功业！”这偏爱实在是明目张胆，丝毫不顾及天后赫拉的面子。于是，她略施小计，便让佩耳修斯的另一个孙子欧律透斯提前出世，破坏了宙斯的计划。因此，在佩耳修斯去世后，哥哥欧律透斯便成了迈(xī)锡尼国王，弟弟赫拉克勒斯则成了他的臣民。

你知道吗

爱琴文明先后以克里特岛和迈锡尼为中心，希腊神话大致就是在这个时期诞生的。爱琴文明是希腊文明的源头哦！

赫拉克勒斯越长越强壮，他在冒险中创下了辉煌的功绩，成了远近闻名的大英雄。终于，欧律透斯也不得不承认，这位优秀的弟弟给自己带来了莫大的威胁。为了保住自己的王位，他就像主人命令仆人一样，给赫拉克勒斯布置了十项几乎不可能完成的任务，想让他命丧于此。

“你若是完成了这十项任务，我便放你自由。”

国王狡黠地笑着说，“只要你活着回来的话。”

但赫拉克勒斯毫不畏惧，同怪兽搏斗对他来说就像是家常便饭。简单准备后，这位英雄便踏上了漫长的征途。他先是打败了可怕的尼米亚巨狮，再杀死了九头蛇妖许德拉，又活捉了刻律涅山的牝(pìn)鹿和厄律曼托斯山发狂的野猪。随后，他跋(bá)山涉(shè)水来到厄里斯，引来河水，洗净了国王奥格阿斯那座三十年都没有打扫过的牛棚。完成这五项任务后，他又驱逐了法利斯湖中的怪鸟，驯(xùn)服了克里特岛上会喷火的公牛，抓回了狄俄墨德斯的四匹食人马，夺取了亚马逊(xùn)女王希波吕忒的腰带，最后还牵回了巨人革律翁的牛群。赫拉克勒斯历尽艰辛，就在他以为自己终于要赢得自由时，欧律透斯却不承认其中的两项，拒绝还他自由。

“那牝鹿是阿尔忒弥斯允许你抓回来的，法利斯怪鸟也是雅典娜女神帮助你驱逐的，所以你还得完成两项别的任务。”欧律透斯面色冷酷，强硬地命令道，“现在，我要你摘来赫斯珀里斯圣园里的金苹果。”

据说，这棵金苹果树是大地女神盖亚送给宙斯和赫拉的新婚礼物，生长在赫斯珀里斯姐妹的圣园之中。长着一百颗脑袋的巨龙拉冬就卧在树旁，永不睡眠，还时不时发出震耳的咆哮，吓唬想要偷盗宝物的人。这任务已经不是凡人之力能够完成的了，这一次，欧律透斯是铁了心要杀死他这位不凡的兄弟。

赫拉克勒斯却没有怨言，他又一次踏上了征途。他一边漫游，一边打听金苹果的消息，日夜不停地前行。在伊吕里亚的河边休息时，他遇到了一群宁芙仙子。他们愉快地聊着天，赫拉克勒斯还与她们分享了不少自己的冒险故事。

“原来你就是大英雄赫拉克勒斯！”宁芙们兴奋极了，叽叽喳喳地围了过来，“像你这样的英雄，去寻找金苹果一点儿都不奇怪。但我们也不知道果园在哪里，不过，你可以问问老海神涅柔斯①。”

“要想和老涅柔斯说话，一定得先抓住他。”一个宁芙调皮地眨眨眼，提醒他说，“不管发生了什么，你都千万别松手。”

赫拉克勒斯向仙子们道谢后，便按照她们的指引找到了涅柔斯。老人在海边睡得正香，赫拉克勒斯蹑手蹑脚地走到他身边，一伸手就紧紧抓住了他的胳膊和腿。他大喊：“涅柔斯，告诉我赫斯珀里斯的圣园在哪里！”老海神被他吓了一大跳，不断变化起来。他先是变成了一头高大的鹿，紧接着又变成了一只小巧的海鸟，还变成各种可怕的怪物，企图吓退这个人类。不过，赫拉克勒斯没有一丝胆怯（qiè），反倒更紧地拧住了怪物的肢体。老海神只好无奈地放弃挣扎，老老实实地说出了

①涅柔斯：老海神涅柔斯是大地女神盖亚和原始海神蓬托斯的儿子，由于他值得信赖，因此人们又亲切地称他为“海中长者”。在宙斯建立奥林匹斯神秩序后，其海神地位被波塞冬取代。

苹果园的秘密。

“好了，好了！那苹果园就在太阳西沉的地方，离背负天空的阿特拉斯不远，你一直往西走就是了。”他粗声粗气地说，“胆大包天的家伙，不怕死你就去吧！”

于是，赫拉克勒斯一路西行，他离开伊吕里亚，经过利比亚，最后向埃及前进。险峻的高加索山就在他的面前，赫拉克勒斯准备找一条道路翻越山脉，没走多久，他就被眼前的景象惊得说不出话来。

那是一个巨人！虽然离得很远，但赫拉克勒斯依然能感受到他那可怕的气势。巨人的身躯就像高加索山一样顶天立地，他双手高举着，沉沉的天幕就压在他弓着的背上。虽然云雾笼罩了他大半个身体，让人看不清他的面孔，但任谁看了都知道，他就是负天的阿特拉斯。

赫拉克勒斯还没来得及惊叹，一阵痛苦的呻(shēn)吟便吸引了他的注意。他循声望向高加索山的山巅，发现山顶的巨石上竟然缚着一个男子，一只可怕的老鹰正停在他的身上，啄食着他鲜血淋漓的伤口。赫拉克勒斯怎能容忍这样的事情发生？

这位英雄一箭便射杀了老鹰，再手攀岩石，用最快的速度登上了山巅。他拿起锁链，集聚全身的力气，一下就扯断了这沉重的束缚，将这个可怜人解救了出来。

提问

猜一猜赫拉克勒斯救下的男子是谁呢？

“多谢你！”男人大口大口地喘着气，但神情十分轻松，“像你这样的勇士，既然来到这么偏僻的地方，想必是来找金苹果的吧。”

“那是当然，你可真聪明！”

“那么，为了感谢你，我要给你一个忠告。”男人突然严肃地说，“圣园里远比你想象的还要危险，如果你想活着回来，就让巨人阿特拉斯替你去摘金苹果。不然，你的性命将会断送在那里！”

“你说得轻巧，要是真这么危险，阿特拉斯怎么肯乖乖听话？”

男人双眼闪过智慧的光芒，他拍拍赫拉克勒斯的肩，笑着说：“别担心，我的朋友。等你见到他，你脑袋里的智慧就会告诉你该怎么做了。”他的微笑仿佛有种让人安心的魔力，赫拉克勒斯不由得相信了他的话，按照他的指示找到了阿特拉斯。

越靠近，阿特拉斯的身影便越清晰。他巨大

快乐读书吧系列丛书

阅读指导与考点手册

希腊神话故事

奥林匹斯山上的神火为何而燃烧，那不是为了一个人把另一个人战败，而是为了有机会向诸神炫耀人类的不屈，命定的局限尽可永在，不屈的挑战却不可须臾或缺。

——史铁生

内容简介

希腊神话与传说源于古老的爱琴文明，是古希腊各部落和各城邦产生的关于神祇、人类和英雄的传说的总和，曾长期口耳相传，到公元前8世纪才逐渐定型，后来被人们用文字记录了下来。希腊神话是世界文学的瑰宝，并且普遍影响了后世的文学、艺术和哲学。不仅如此，它还反映了古希腊氏族社会和奴隶社会的生活状态，在历史学、考古学、民俗学等领域也有着重要意义。

艺术特征

1. 神与人形象相近，性格相似。希腊神话中的神祇长得像人一样，性格上也与人相似。在希腊神话中，神也拥有七情六欲，也会自私、嫉妒、攀比、记仇，是人类原始欲望和冲动的化身。神被塑造得离人世很近，虽然更俊美、矫健、有力，思维方式却无限接近于人，是人的理想化。

2. 人本主义。希腊神话充分肯定人的价值和尊严，并未贬低人世。相反，希腊神话肯定现实生活，诸神和英雄也会追逐现实中的功勋、财物、爱情等，他们反抗命运的过程，更加凸显了人性的崇高和伟大。

3. 具有乐观进取的冒险精神。希腊神话诞生的土壤——希腊文明，是典型的海洋文明。希腊人依赖海外贸易，形成了积极乐观、开放进取的民族性格。希腊神话中的诸神与英雄，都显得英姿勃发、活力满满，故事中有大量海外冒险的经历，如伊阿宋的阿尔戈号航行，希腊联军远征特洛伊等。

后世影响

神话与宗教密不可分，希腊诸神是古希腊各部落和城邦崇拜过的神祇。城邦衰落之后，希腊神话作为宗教工具失去了意义，但作为人类宝贵的文化遗产，它具有永恒的影响力。

1. 世界思想史的重要组成部分

神话反映了原始社会人们的社会生活和心理活动。阅读希腊神话，能帮助我们了解古希腊人的宇宙观和世界观，了解古希腊人的性格、喜恶和信仰。神话是我们理解先民思维方式的重要载体。

2. 西方文学的素材库

许多西方名著取材于希腊神话，如但丁的《神曲》、乔伊斯的《尤利西斯》、加缪的《西西弗神话》等，了解希腊神话，对我们阅读西方文学作品，欣赏了解其他西方文化、艺术大有裨益。

3. 西方艺术的灵感来源

古希腊的雕塑、陶瓶绘画、建筑，多数有神话元素，代表作有帕提农神庙，《米洛斯的维纳斯》《萨莫色雷斯的胜利女神》等。文艺复兴时期的画家，也喜欢从希腊神话中汲取灵感，如波提切利的《春》和《维纳斯的诞生》。

4. 西方哲学的思想渊源

希腊神话对哲学思想的诞生有启发作用，西方著名的思想家柏拉图、苏格拉底都用希腊神话中的概念阐述自己的哲学思想，哲学家尼采《悲剧的诞生》一书中“日神精神”和“酒神精神”的概念，也是由希腊神话中的太阳神阿波罗和酒神狄俄尼索斯演化而来。

主要角色

宙斯：第三代神王，统治着奥林匹斯众神。他是雷神，雷电是他的武器。他是希腊神话中至高无上的主宰者，也是众神间争端的仲裁者。他专断、任意妄为，不允许别人挑战自己的权威。

普罗米修斯：人类的创造者和保护者，对人类抱有怜悯之心，不屈从于权力，有大无畏的牺牲精神，是敢于反抗暴君、具有民主精神的革命者。他聪明，有先见之明。

雅典娜：智慧与战争女神，是城邦的保护神和英雄的引领者。她聪明睿智，有战争谋略，武艺高强。

阿波罗：光明与预言之神，后来也被认为是太阳神，也掌管音乐、畜牧、医药。他多才多艺，擅长射箭和弹奏里拉琴，光明磊落，容貌俊美，身材矫健。

赫拉克勒斯：完成了十二件功勋的英雄。他力大无穷，嫉恶如仇，惩恶扬善，有很强的正义感，是力量与勇气的化身，一般被看作希腊神话中最伟大的英雄。

阿喀琉斯：特洛伊战争中最著名的英雄。他英勇善战，视死如归，敢于向命运发起挑战，重视友情，富有同情心，重视个人荣誉；但也有任性和残忍的一面，其形象丰满立体。

典故积累

1.“潘多拉”的意思是“拥有一切天赋的女人”，“潘多拉的盒子”比喻灾祸之源，“打开潘多拉的盒子”比喻“引发种种灾祸”。

2.“斯芬克斯之谜”比喻难解的谜题，“斯芬克斯”比喻谜一样的人物。

3.“阿喀琉斯之踵”比喻致命的弱点。

4.“麻烦的金苹果”来源于金苹果引发特洛伊战争的故事，比喻不和的根源，引发纠纷的事端。

5.“缪斯”是希腊神话中的文艺女神，比喻（艺术作品的）灵感来源。

6.“泰坦尼克号”来源于希腊神话中的泰坦神族，泰坦神族都是巨人，因此泰坦比喻高大的人或重要的人，“泰坦尼克”意为“巨大的”。

7.“特洛伊木马”比喻埋伏在敌军阵营，里应外合。木马病毒就来源于这个典故。

真题大闯关

一 情节对对碰

1.（多选）珀耳塞福涅回到冥界的时候，人间处于哪个季节？（　　）

A. 春季　B. 夏季　C. 秋季　D. 冬季

2. 下面哪位英雄的故事里没有涉及金苹果？（　）

A. 赫拉克勒斯　B. 帕里斯

C. 伊阿宋　D. 阿塔兰忒

3. 下面哪个怪物不是赫拉克勒斯制服的？（　）

A. 三头犬刻耳柏洛斯　B. 狮身人面的斯芬克斯

C. 九头蛇许德拉　D. 尼米亚狮子

4.（多选）珀尔修斯抢走了格赖埃三姐妹的（　　），逼迫她们说出戈耳工的去向。

A. 眼睛　B. 金羊毛

C. 牙齿　D. 金苹果

5. 特洛伊战争中最聪明的英雄是（　），希腊联军的主帅是（　）。

A. 阿伽门农　B. 阿喀琉斯

C. 赫克托耳　D. 奥德修斯

6.（2023秋·思明区期末）

（1）希腊神话源于古老的（　）。

A. 罗马文明　B. 爱琴文明

C. 古埃及文明　D. 中国商周文明

（2）关于特洛伊战争描述不正确的是哪一项？（　）

A. 这场战争持续了 10 年

B. 战争中用到了木牛流马

C. 以争夺世上最漂亮的女人海伦为起因

D. 特洛伊战争消耗了迈锡尼大量的元气，让这个一度辉煌的国家变得千疮百孔

（3）《希腊神话故事》中，谁创造了人类？（　）

A. 普罗米修斯　　B. 宙斯

C. 雅典娜　　D. 盖娅

（4）私自打开盒子，让一切恶习、灾难和疾病从里面飞了出来的是谁？（　）

A. 忒休斯　　B. 欧罗巴

C. 潘多拉　　D. 维纳斯

（5）比喻再强大的英雄也有致命的死穴的典故是（　）。

A. 斯芬克斯之谜　　B. 特洛伊木马

C. 阿喀琉斯之踵　　D. 战神之马

7.（2024 秋 · 南海区期末）判断题。

（1）《古希腊神话》中，潘多拉的盒子里面装的除了灾难还有希望。（　）

（2）《古希腊神话》中，神祇赫拉通过发出闪电来警告阿尔喀斯人，不许帮助伊娥。（　）

二 人物画像馆

1.（2022 秋 · 高邮市期末）希腊神话是世界经典神话的重要组成部分，下列不是希腊神话故事人物的一

项是（　　）。

A. 太阳神阿波罗　　B. 火神赫淮斯托斯

C. 大力神赫拉克勒斯　　D. 航海家辛伯达

2.（2024秋·雷州市期末）《希腊神话故事》中生来就有音乐天赋的是（　　）。

A. 雅典娜　　B. 赫利俄斯

C. 俄耳甫斯　　D. 阿尔忒弥斯

3.（2024秋·沛县期末）小语阅读了希腊神话，做了一张人物卡片，有三个地方拿不准，请你帮他完成。

> 赫拉克勒斯
>
> 赫拉克勒斯是希腊神话中最伟大的英雄，他神勇无比，被誉为①____；曾完成了②____项被誉为“不可能完成”的伟大的功绩；解救了为人类带来火种的③____；参加了伊阿宋的寻找金羊毛的英雄冒险队，但在途中被落下。

（1）卡片中①处应该填的名称是（　　）。

A. 智慧之神

B. 天空之神

C. 海神

D. 大力神

（2）卡片中②处应该填的数字是（　　）。

A. 十二　　B. 八

C. 十　　D. 二十

（3）卡片中③处应该填的人物是（ ）。

A. 雅典娜　　B. 宙斯

C. 普罗米修斯　　D. 阿波罗

4. 根据《希腊神话故事》，请将神的名字和职责连线。

阿波罗	春神
雅典娜	海神
珀耳塞福涅	冥王
波塞冬	光明与预言之神
哈迪斯	智慧与战争之神

三 阅读学习单

（2023秋·涧西区期末）

普罗米修斯（节选）

很久很久以前，地面上没有火，人们只好吃生的东西，在无边的黑暗中度过一个又一个长夜。就在这时候，有一位名叫普罗米修斯的天神来到了人间，看到人类没有火的悲惨情景，决心冒着生命危险，到天上去“盗”取火种。

得知普罗米修斯从天上取走火种的消息，众神的领袖宙斯气急败坏，决定给普罗米修斯以最严厉的惩罚，吩咐火神立即执行。

火神赫淮斯托斯很敬佩普罗米修斯，悄悄对他说：“只要你向宙斯承认错误，归还火种，我一定请求他饶恕你。”普罗米修斯摇摇头，坚定地回答：<u>“为人类造福，有什么错？我可以忍受各种痛苦，但决不会</u>

承认错误，更不会归还火种！”

火神不敢违抗宙斯的命令，只好把普罗米修斯押到高加索山上。普罗米修斯的双手和双脚戴着铁环，被死死地锁在高高的悬崖上。他既不能动弹，也不能睡觉，每天遭受着鹫鹰啄咬的痛苦。尽管如此，普罗米修斯就是不向宙斯屈服。

有一天，著名的大力士赫拉克勒斯经过高加索山。他看到普罗米修斯被锁在悬崖上，心中愤愤不平，便挽弓搭箭，射死了那只鹫鹰，又用石头砸碎了锁链。普罗米修斯这位敢于从天上“盗”取火种的英雄，终于获得了自由。

（1）根据课文内容，照样子，填写下面的思维导图。

起因：盗取火种

经过：________________________________

____

结果：________________________________

____

（2）文中画“________”的部分，是对普罗米修斯的______描写，从中可以体会到普罗米修斯________

____

____。

（3）把握了故事的主要内容，在复述时，哪些内容可以适当省略？（　　）

①人们如何在无边的黑暗中度过一个又一个长夜。

②火神赫淮斯托斯对普罗米修斯说的话。

③普罗米修斯在高加索山上遭受的痛苦。

A. ①②　　B. ①③　　C. ②③

（4）在本学期的《快乐读书吧》中，我们还共同阅读了许多神话故事。请认真思考，完成练习。

①你了解中外神话故事的人物吗？请连一连。

太阳神	伏羲
光明之神	神农
东方天帝	阿波罗
医药之神	巴德尔

②课外阅读中，还有哪位神话人物给你留下了深刻印象呢？请填写神话英雄人物卡。

神话英雄人物卡

姓名：__________

优秀品质：______________

事迹：______________________________

2.（2023秋·安溪县期中）阅读短文，完成问题。

潘多拉的盒子

天神普罗米修斯从天上盗火种送给人类，人类学会了使用火。主神宙斯十分恼火，狠狠地惩治了普罗米修斯，但他还是余怒未消，现在他把报复的目光转向了人类，决定要让灾难也降临人间。

宙斯命令神匠赫淮斯托斯用泥土制作一个天下无双的美女，又召来众神，让每个神都送给她一件礼物：神使赫尔墨斯送给她能说会道的口才，狩猎神阿尔忒弥斯使她获得力量和灵活性，爱与美之神阿佛洛狄忒给她迷人的媚态，天后赫拉给她贵妇人的高雅，智慧女神雅典娜用最鲜亮华美的服饰装扮她。宙斯给她取名叫“潘多拉”，意思是“大家的礼物”，并送给她一只精致美丽的小匣子。然后，命令赫尔墨斯把她送到人间去。

赫尔墨斯领着潘多拉来到普罗米修斯的弟弟厄比墨透斯的家里，让他娶这位非凡美丽的姑娘为妻。厄比墨透斯和潘多拉结婚后，两人和和美美，相亲相爱，生活十分快乐幸福。一天，潘多拉一个人在家里，眼光无意中落到了宙斯送给她的那只精致的匣子。“里面装的是什么呢？”潘多拉思忖着，“让我把它打开来瞧瞧吧，说不定是最珍贵的礼物呢。”她一面想着一面动了一下锁，啊！原来锁已经打开了，仅仅挂着一点点。她取下了锁，轻轻地将盒子掀开，突然从匣子中飞出无数个可怕的怪物：饥饿、疾病、贪婪、嫉妒、怨恨、复仇……它们像是团乌云，在潘多拉的身边，在整个房子里盘旋、环绕，又从窗子和门飞了出去，散布在整个大地上。

潘多拉吓呆了，赶忙把盒盖子盖上，可是晚了，所有与人类为敌的灾害和不幸都跑了出去。只有一样东西还未来得及跑出去，那就是“希望”。

宙斯送给人类的礼物很快结出了恶果——灾害和不幸充斥人间。人类受着各种疾病的摧残，各种灾害的折磨，各种不良思想的侵袭，使人类相互怨恨仇视。死神也加快脚步在人世间穿梭、忙碌。但是，还有“希望”留在人间。所以，至今不论世界多么黑暗，灾难多么深重，只要有“希望”存在，任凭什么厄运，也不能把人类摧垮。

（选自《希腊神话》，有删改）

（1）给了潘多拉“高雅”的是（　）。

A. 赫尔墨斯　　B. 阿尔忒弥斯

C. 阿佛洛狄忒　　D. 赫拉

（2）潘多拉为什么会打开盒子？（　）

A. 出于好奇　　B. 宙斯的威胁

C. 丈夫的鼓励　　D. 众神的施法

（3）这个神话至今仍广为流传，现在“潘多拉的盒子”也有了新的寓意，下列句子可以用“潘多拉的盒子”来形容的是（　）。

A. 生日会上，爸爸送给了小明一个精美的盒子，里面装满了各式各样的魔方

B. 课上，同学们都在认真听讲，我的同桌突然打了一个响嗝，把全班同学都吓了一跳

C. 学生一旦迷上手机，就会出现视力下降、成绩退步等现象

D. 小红期末考获得了班级第一名，得到了老师的奖励，全家人也为她开心

（4）《潘多拉的盒子》是一篇神话，下列句子不能表现神话想象神奇这一特点的是（　）。

A. 匣子中飞出无数个可怕的怪物：饥饿、疾病、贪婪、嫉妒、怨恨、复仇……

B. 赫淮斯托斯用泥土制作了潘多拉

C. 宙斯命令赫尔墨斯把潘多拉嫁给厄比墨透斯

D. 普罗米修斯从天上盗火种送给人类

（5）认真读文章，思考故事的起因、经过和结果分别是什么，填写表格的空格。

起因	宙斯要给人类制造新的灾难
经过	
结果	

（6）读完文章，你有什么感兴趣的问题？请写下来，并试着解答。

问题：________________

解答：________________

（7）结合生活中的例子，请你谈谈对画横线句子的理解。

四 写作训练营

赫拉克勒斯在高加索山上遇到了被缚的普罗米修斯，当他听说了普罗米修斯的遭遇之后，会说些什么呢？发挥想象力，将你心中的情景描述出来吧！（300字左右）

参考答案

一、情节对对碰

1.CD　2.C　3.B　4.AC　5.D　A

6.（1）B　（2）B　（3）A　（4）C　（5）C

7.（1）√　（2）×

二、人物画像馆

1.D　2.C　3.（1）D　（2）A　（3）C

4.

三、阅读学习单

1.

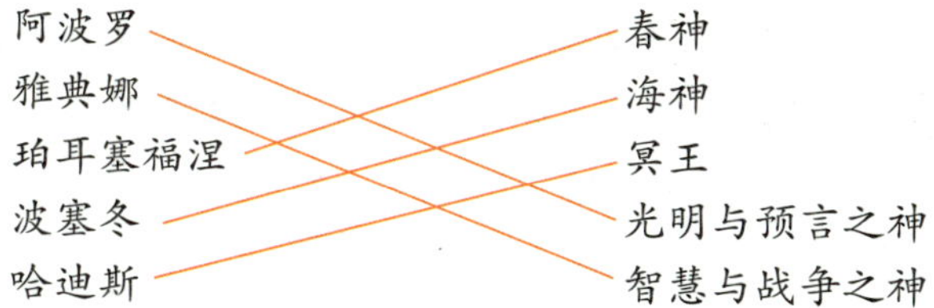

（1）普罗米修斯"盗"取火种后受到残酷的惩罚，但他没有屈服。

普罗米修斯被大力神所救，重新获得了自由。

（2）语言；坚持正义、义无反顾的坚定决心和大无畏的精神。

（3）A

（4）

①太阳神——阿波罗　光明之神——巴德尔

东方天帝——伏羲　医药之神——神农

②示例：女娲

勇敢、善良　女娲捏土造人

2.

（1）D （2）A （3）C （4）C

（5）经过：众神制造出美女“潘多拉”，让她带着匣子来到人间。她打开匣子，从中飞出了无数可怕的怪物。结果：人类遭受各种磨难，幸好有“希望”支撑着人类。

（6）示例：

“潘多拉”的主要特点是什么？

潘多拉拥有能说会道的口才、力量与灵活性、迷人的媚态、贵妇人的高雅、鲜亮华美的服饰。

（7）示例：

“希望”的力量是巨大的，只要有希望，就能战胜一切灾难，就能获得胜利和幸福。我以前做作业遇到难题时，总是懒得动脑筋，自暴自弃，所以学习成绩一直难以提高。后来我认识到不能放弃希望，学习上再遇到困难，我要积极思考，多向老师和同学请教。我相信，只要肯努力、有信心，学习成绩就一定能提高。

四、写作训练营

思路点拨：首先我们要明确赫拉克勒斯的立场。赫拉克勒斯最后解救了普罗米修斯，所以他一定是站在普罗米修斯这边，对普罗米修斯的遭遇感到愤愤不平的，如果写成谴责普罗米修斯就完全南辕北辙了。

写作三步走：首先，表达对普罗米修斯的敬佩和怜悯，可以提到普罗米修斯为人类作出的牺牲，他是如何与神王斗智斗勇的，虽然肉体承受着折磨，但精神上仍居于不败之地。其次，表达对神王宙斯的谴责，指出神王不想给人类火种，是希望人类永远生活在蒙昧之中，他以权势压人，其实是外强中干；他残暴狠毒，永远不可能让普罗米修斯屈服。最后，表达想要救出普罗米修斯的决心。

随书附赠，非卖品

的面孔上全是汗水，扭曲的神情中满是疲惫。沉重的天幕压得他喘不过气来，连脚也不能挪动半分。他的汗水灌溉(gài)出一片茂密的森林，无数的藤蔓(wàn)和枝条攀附在他强健的躯干上，这位不能移动的巨人被装饰成了一尊古老的雕像。

他看到赫拉克勒斯，便发出了雷鸣般的声音："你是谁？来这里做什么？"

"我是赫拉克勒斯，正要去摘赫斯珀里斯姐妹看守的金苹果。"

"我很久没听到这样的笑话了。摘金苹果？你这是去给那巨龙加餐还差不多！"巨人哈哈大笑，大地也随着他的笑声震动起来，"我是世间最强大的泰坦巨人，只有我才能摘下金苹果。要不是我还得托住天空，我倒是挺乐意去散个步，帮你摘一个回来呢。"

"看来您心情不错。"赫拉克勒斯说道，"那为什么不把天放在那些高山上呢？这样您就能歇(xiē)一会儿，也能顺便帮我把苹果摘回来了。"

"那些山太矮小了。"巨人看着人类，像是想到了什么，接着说，"但要是你站到山顶，那就跟我差不多高了。你看上去还算有点力气。这样吧，你替我托住天空，我去帮你摘苹果。”见赫拉克勒斯有些犹豫，那巨人又说道：“我这么高大，跑起来可快了！可能你还没觉得累，我就已经把苹果摘回来了。”

“那好吧，我会帮你托住天空。”善良的英雄二话不说，就从阿特拉斯的肩膀上接过了天空。巨人终于获得了自由，他舒展着自己的四肢，甚至还兴奋地跳了几下，大地也随着他的喜悦不停震动，差点把天空从赫拉克勒斯的背上震下来。巨人朝赫拉克勒斯点点头，便面带笑容出发了。

天空的沉重超乎想象，日月星辰都在赫拉克勒斯的背上运行着，它们时而散发出可怕的光和热，时而降下冰冷的雨水、掀起狂风。赫拉克勒斯被天空无穷无尽的变化折磨着，心想：“这可真辛苦！阿特拉斯真是个了不起的巨人，我也不能让他担心。”为了不让天空倾斜，他沉下身躯，稳稳地维持平衡。

直到汗水浇透了赫拉克勒斯脚下的土地，他才远远地望见了巨人的身影。阿特拉斯飞快地向这边奔来，手里挥舞着树枝，上面正挂着三颗金苹果！

“阿特拉斯，真高兴你成功了！”赫拉克勒斯气喘吁吁地说。

“那当然，别小瞧我，这可是我精挑细选才选出来的。”巨人骄傲地说道，“换作是你去了，那群仙女和巨龙就够你烦了，哪还有心情挑果子？”

“兄弟，我真为你骄傲。”赫拉克勒斯说，“出去逛了一圈，你也休息好了吧。我还得赶路把金苹果带回去，你快把天空接过去吧。”

阿特拉斯不说话了。自从被宙斯惩罚来负天，这个可怜的巨人已经这样站了几千年。原本他已经习惯了这样的生活，可赫拉克勒斯好心让他放了个风，这段旅途让他重新想起了自由的美好。清风是多么温柔，阳光是多么和煦！虽然这样做很不厚道，但阿特拉斯一点儿也不想回到自己的位置上了，他嘟嘟囔囔地说：“你也知道这样很辛苦了，我还没休息够呢！要不你再替我托个一百年或者一千年好了。一千年后，我就跟你换班。”

赫拉克勒斯怎会看不出他想反悔？但这位机智的英雄并没有发作，反倒和颜悦色地说：“小事一桩。不过你一开始走得急，我还没来得及垫个东西在背上，现在天空快滑下去了。你快接过去，等我把衣服垫上，再帮你托住它。”天空倾倒可不是小事，阿特拉斯急忙把金苹果一扔，将天空接到了自己的背上。

这下，一切都恢复原状了。不论阿特拉斯如何咆哮，赫拉克勒斯都不会对他心软了。他捡起金苹果，头也不回地踏上了归途。

看到毫发无伤的弟弟，欧律透斯简直不敢相信自己的眼睛。但赫拉克勒斯这项工作完成得漂亮极了，他无论如何也找不到借口否认弟弟的成绩。欧律透斯不得不收下金苹果，接着发布了最

后一项命令：将三头犬刻耳柏洛斯带回来。勇猛的赫拉克勒斯一路从人间杀到了冥界，赤手空拳制服了可怕的恶犬，将它拖回了国王的宫殿。欧律透斯还能说什么呢？他终于发现，自己无论如何也战胜不了赫拉克勒斯，只得履行自己的诺言，将自由还给了他。

就这样，赫拉克勒斯完成了他的十二试炼。死后，他的灵魂升上了奥林匹斯山，成了举世闻名的大力神。希腊人民虔诚地信奉着他，一代又一代地传颂着他的故事，将他的威名传遍世间。

伊阿宋与金羊毛

伊阿宋是伊俄尔科斯的王子，他的父亲埃宋是位正直的国王，深受国民的爱戴。但天有不测风云，国王同父异母的哥哥珀利阿斯用诡计夺走了王位。为了保护自己的孩子，埃宋将还是小婴儿的伊阿宋送到了遥远的山中，让半人马喀戎(róng)抚养他长大。

喀戎虽然相貌古怪，却是位高明的良师，就连大名鼎(dǐng)鼎的赫拉克勒斯也曾是他的学生。在他的教导下，伊阿宋学会了各种技能。不论是使刀射箭、治病救人，还是音律舞蹈，伊阿宋都是一把好手。转眼间，伊阿宋就长成了一个高大健壮的小伙子，他雄心勃勃，整日想着出去闯荡一番。临行前，喀戎将伊阿宋的身世告诉了他，这个正直的年轻人当即便决定要前往伊俄尔科斯，夺回父亲的王位。

下定决心后，伊阿宋便披上自己制作的豹皮猎装，拿好长矛，穿着一双金色的系带鞋出发了。这双鞋是埃宋留给他的礼物，两根长长的带子上绣满了精美的花纹，彰(zhāng)显着主人不凡的身份。

不知走了多远，伊阿宋来到一条宽阔的大河边。水流十分湍急，在河面上漂得到处都是树木枝干的碎片，浪涛凶猛地拍打在河中的巨石上，发出震天的回响。河上没有桥，岸边也没有船，伊阿宋一时不知道该如何过河。这时候，他忽然发现有一个老太太正站在河边。她穿着一件黑色的罩袍，正颤巍（wēi）巍地伸出拐杖，想要往河里走。

“老奶奶，快停下！”善良的伊阿宋大喊道，“太危险了，您快离河远一点！”

“咳，咳，可我急着过河呀！”那老太太愁眉苦脸地说，“就算没有路，没有船，用这两条老腿我也得蹚（tāng）过去。”

看着老人心急的样子，伊阿宋二话不说就把她背了起来。他一边伸出长矛探路，一边说：“老奶奶，那就让我背您过去吧。您一定要抓稳了！”他细心地把老太太托起来，免得冰冷的河水冻坏她，自己则深一脚浅一脚地蹚了过去。好几次，水里的石块和树干就要撞上伊阿宋，所幸都被他敏捷地躲开了，匆忙之中，一只鞋子还被卡在了石缝里。最后，两人终于有惊无险地过了河，但伊阿宋懊恼极了，自己为什么没把鞋再系得紧一点儿呢？那可是父亲留给他唯一的东西啊！

“别不高兴，命运带走了一些东西，过不久它就会还你一个更好的。”那老太太笑眯眯地说，“去吧，勇敢善良的伊阿宋，我会祝福你的。”伊阿宋惊讶地发现，这老太太竟然有一双明亮的大眼睛，闪烁着迷人的光彩，仿佛能看穿世间的一切。她挥手向他道别，转身便离开了。在伊阿宋眼里，她的身形越来越高大，走起路来像一位优雅的女王。一只孔雀不知从何处飞来，落在了她的肩头，很快她们便一起消失了。

伊阿宋暂时放下惊奇，又踏上了旅途。跋涉了很久之后，他终于来到了伊俄尔科斯。

“一只鞋！他只穿着一只鞋！”

还没等伊阿宋问路，骚(sāo)乱的人群就把他围了起来，强行带到了王宫。原来，珀利阿斯得到了一句预言，说一个只穿一只鞋的人将会把他赶下王位。于是，他便下令让全国的人必须把两只鞋穿好。今天突然冒出了一个伊阿宋，珀利阿斯紧张极了，开始思考该怎么除掉这个危险的种子。

“勇敢的外乡人，欢迎你来到伊俄尔科斯。”珀利阿斯装出一副亲切的样子，说，“但你违反了我们这里的法律，必须得接受法律的制裁。”

珀利阿斯不认识伊阿宋，伊阿宋却深知他就是自己的仇人，早就看出了他眼中的恶毒。伊阿宋并不慌乱，反倒冷静地说：“那我该怎样才能赎(shú)罪呢？”

“你需要找回伊俄尔科斯的金羊毛！”“我自然会把它带回来。”伊阿宋沉声说，“但等到那一天，你的统治也就结束了。我会夺回父亲的王位！”

不过，寻找金羊毛的路途何其艰险，珀利阿斯根本不相

你知道吗

在希腊神话中，一只公羊耗尽生命拯救了一位年幼的王子，它在落地的一瞬间死去，身上的羊毛霎(shà)时呈现出黄金般的颜色，象征着它的忠心。后来金羊毛被国王埃厄忒斯藏在了橡树林中，由毒龙严密看守。

信他能回来。邪恶的国王狞笑着把伊阿宋赶出了王宫，他放肆地说道：“那你先活着回来吧！”

离开王宫后，伊阿宋先是找来了船匠阿耳戈斯，打造了一艘雄武的战船，并将其命名为“阿尔戈”号。紧接着，又向全希腊的英雄发出了邀请，请求他们与自己一同踏上寻找金羊毛的征程。这注定是一场不凡的冒险，希腊的青年才俊们个个跃跃欲试，想要一展身手。最后，有四十九位英雄加入了伊阿宋的队伍，他们每个人都身怀绝技，其中还有不少人是喀戎老师的学生，跟伊阿宋算是师兄弟呢。

五十名阿尔戈英雄登上战船，他们齐心协力地划动船桨，向着科尔喀斯国前进。他们乘风破浪，一路上遇到了无数艰难险阻，却都用机智与伟力巧妙化解了。历尽千辛万苦后，他们终于来到了科尔喀斯。

“尊敬的国王陛下，我叫伊阿宋，是为完成自己的使命来到这里的。”伊阿宋向国王埃厄忒斯行了一礼，将自己的身世和珀利阿斯的恶行娓(wěi)娓道来。最后，他诚恳地请求道：“希望您能允许我带走金羊毛！”

埃厄忒斯表面上是一副亲切的模样，内心却恨不得这个年轻人赶紧被看守金羊毛的毒龙吃掉呢。对他而言，金羊毛不仅仅是科尔喀斯国的珍宝，更是关系到他自己性命的东西。他忍不住皱起眉头，严厉地说："那你知不知道，要想得到金羊毛，你得面临多少危险？"

"我知道有一条可怕的毒龙在看守金羊毛，只要有人敢靠近，它就会一口把他吞掉！"

"不仅如此。"埃厄忒斯威胁他道，"金羊毛还是本国的国宝。要想获得寻找它的资格，你还得得到我们举国上下的认可。首先，你要驯服我那两头喷火的铜牛；其次驱使它们开垦（kěn）马尔斯林地的圣地，种下龙牙；最后等龙牙长成武士，你必须战胜他们，否则就会被他们撕成碎片！"

但伊阿宋毫不畏惧，一口便答应了国王的条件。埃厄忒斯恨得牙痒痒，简直想把这个不知天高地厚的小子直接喂给毒龙。国王的女儿却十分欣赏这个年轻人。公主名叫美狄亚，个性高傲的她本就不喜欢父亲的做派，当即便决定要帮助伊阿宋。于是，她偷偷找到伊阿宋，向他表明了自己的意愿。

“尊敬的公主，如果这是真的，我这辈子都会对您感激不尽！”伊阿宋露出感激的神情，却委婉地拒绝了她，“不过，这实在是太危险了。”

“别小瞧我。”美狄亚骄傲地抬起下巴，露出一个神秘莫测的笑容，“我远比你想的要强大，要知道，我的姑姑可是喀耳刻[①]！”这姑娘的眼中仿佛藏着一个幽暗的世界，世间所有的秘密都逃不过她的洞察。

伊阿宋不由得心生敬畏，惊讶地说：“原来您竟是一名女法师！”美狄亚很受用，她爽快地拿出一瓶膏药，嘱咐道：“这是我调配的魔药，只要你涂上它，铜牛的火焰就伤不了你。至于怎么制服它们，就看你自己的了。”

①喀耳刻：国王埃厄忒斯的妹妹，希腊神话中的巫术女神、魔女之神。

天色渐暗，伊阿宋已经做好了准备，便告诉国王他们即将开始挑战。铜牛正卧在牧场的角落里，腹中的火炉一刻不停地燃烧着，灼热的气正从它们的鼻孔中喷出，仿佛下一秒就会燃起烈焰。伊阿宋一走进牧场，这两头牛就警惕地抬起头来，等他再向前一步，它们就立刻发出可怕的吼叫，燃起灼热的烈焰，朝他冲来。它们那结实的铜蹄狠狠地击打着地面，锋利的牛角被火烤得滚烫。谁要是碰上一下，立刻就会变成一块焦肉。

但这些火焰对伊阿宋毫无作用，他身体微微下沉，伸出手，准备对抗公牛的冲击。那两头暴躁的凶兽猛冲过来，正准备把这可怜虫挑上天，却被伊阿宋灵巧地闪开了。只见他双手一伸，左手抓住了一条牛尾，右手擒(qín)住了一只牛角，铁钳(qián)似的箍(gū)住了两头公牛，很快便制服了它们。

伊阿宋给它们套上农具，熟练地犁起地来。等月亮升到半空，整片圣地的土壤都被细细地犁了一遍，只等播下龙牙。伊阿宋从腰间掏出美狄亚交给他的龙牙，均匀地撒在土壤中，再用耙(pá)子把它们埋好。不一会儿，田地里便有什么东西破土而出了，在月光下闪烁着雪亮的光。紧接着，武士们光亮的头盔钻出了地面，他们扭动着粗壮的脖子，挣扎着爬出了地面。全副武装的武士聚集在一起，腰间的刀剑发出可怕的摩擦声，他们气势汹汹地喊叫着：

“冲啊，同胞们，杀死我们的敌人！”

“誓死保护金羊毛！”

伊阿宋顿时汗毛倒立，他要如何才能战胜这群杀红了眼的武士？就在他束手无策的时候，美狄亚的喊声远远传来：“石头！把石头扔到他们中间去！”

他来不及思考，立马从地上捡起一块石头，用力丢了出去，正好击中了领队的头盔。这小小的石块被反弹起来，撞上了另一张愤怒的面孔，转眼又弹向旁边士兵的盾牌。这些武士都以为身边藏着敌人，于是不再冲刺，反倒是互相厮杀起来。混乱迅速蔓延，龙牙武士们彼此砍杀，伊阿宋的眼前瞬间成了刀光剑影的战场。他还来不及感叹，这场混战就利落地结束了。

“勇敢的伊阿宋，恭喜你取得了寻找金羊毛的资格。”埃厄忒斯的脸色难看极了，他拼命挤出一点儿笑容，不情愿地说，“但想要取得金羊毛，还得通过毒龙的考验。现在已经是深夜了，你们先休息吧。”说完，他一抖披风，气冲冲地离开了。

“我敢保证，他正在憋(biē)坏主意呢。不过，他那脑子可想不出来，估计明天就会反悔，把你们赶出国门。”美狄亚嘲讽道，“迟则生变，我们今晚就带走金羊毛！”

伊阿宋担忧地说：“时间太紧张了，我们还没做任何准备，那头毒龙怎么办？”

“我们给它唱一首摇篮曲。”美狄亚又露出了她那神秘的微笑，势在必得地说，“让恶龙做美梦去吧！”

于是，伊阿宋叫上了众英雄中最擅(shàn)长歌唱的俄耳甫斯，和美狄亚一起赶往马尔斯林地。林中的橡树高大茂密，繁盛的枝叶遮蔽了天空，透不出一丝光亮。但在幽林深处，一点金光正在闪烁，像是温暖的落日，又像是最纯粹的黄金。伊阿宋的心中不由得生出一丝暖意，这是多么温暖夺目的光彩啊！

“那就是金羊毛！”美狄亚低声说，“毒龙就在它旁边。”

话音未落，可怕的嘶鸣声便从他们头顶传来，一双金黄的眼睛猛地睁开，在黑暗中发出阴冷的光。毒龙隐隐感觉到有活物靠近，开始警惕地扭动身躯，观察四周的情况。见状，美狄亚立即掏出一个精巧的小盒子，打开了盒盖。她轻轻扇动盒中的香粉，让它们乘着微风飞往毒龙身边。最后，她轻声说："好了，歌手，现在轮到你了。"

俄耳甫斯轻轻地拨动七弦琴，唱起了动听的摇篮曲。甜美的旋律混着催眠的魔药，毒龙很快

就头晕眼花，轰然倒地。美狄亚顺势把剩下的魔药倒进它大张的嘴巴里，让这恶兽彻底昏睡过去。

“伊阿宋，去取金羊毛吧！”

伊阿宋敏捷地攀上毒龙的身体，从树梢取下了金羊毛，把它紧紧贴在胸口。一股奇异的温暖瞬间传遍了他的全身，在朦胧的金光中，他又看到了那个神秘的老太太。她的肩上栖着那只美丽的孔雀，正在微笑着朝他们招手，似乎正催促他们快快离开。没等伊阿宋眨眼，她的身影便消失了。三个年轻人顺着她的指引，在黑夜中潜行，不一会儿就回到了伙伴们的身边。

五十一位英雄——现在还多了一位公主，迅速登上了战船。他们扬起风帆，握好船桨，待伊阿宋一声令下，便齐心协力地划了起来。年轻人们唱着胜利的欢歌，再一次乘风破浪，驶向他们的家乡。

麻烦的金苹果

奥林匹斯山上正在举行一场盛大的婚礼。神王夫妇坐在宴会的中心，他们身旁便是这场婚礼的主角，阿尔戈英雄珀琉斯与海洋仙女忒提斯。众神环绕着他们，一边享用着仙酒神食，一边唱起了祝福的歌谣，欢快地舞蹈着。就在宴会进行到高潮的时候，大厅中忽然安静了下来，一个意想不到的身影出现在门口，她就是不和女神厄里斯！她像一缕幽魂似的飘到了这对新婚夫妻身边，从怀里取出了一个金苹果。

“祝你们新婚快乐。”她似笑非笑地说，“这是我的礼物。”

原来，这对夫妻事先邀请了所有的神明，却不知怎么，偏偏漏掉了厄里斯。这位女神虽然不算特别强大，但大家都对她避之不及，因为她最爱挑起人与人之间的纷争，还以他人的争吵为乐。果然，这个金苹果上写着一行小字：献给最美丽的女神。

厄里斯把苹果丢在桌上，就消失了。众神还没从惊讶中恢复，桌边的三位女神便同时向金苹果伸出了手。不论是天后赫拉，还是智慧女神雅典娜，或是爱神阿佛罗狄忒，她们都认为只有自己才配得上这样的赞誉。眼见还有别的人伸手，女神们都惊讶地停了下来，沉默地盯着对方。

“依我看，各位都是无与伦比的女神，各有各的优点。但正因为我们能发现各位的所有优点，才不能作出决断。”眼看一场纷争就要爆发，宙斯连忙出声劝说，“凡人的见识有限，他们有着不同的偏好，正适合处理这种情况。你们不如挑选一个凡人当法官，由他来裁决谁是最美丽的女神。”

三位女神难得一致地认同了宙斯的提议。她们商量过后，决定将这个任务交给世上最英俊的男子——特洛伊王子帕里斯。但他并没有居住在王宫里，而是穿着一身破衣服，在山坡上放羊呢。原来，帕里斯出生的时候，祭司预言，他将会给国家带来巨大的灾难。因此，为了维护城中的和平，特洛伊王便不得不流放了自己的儿子。帕里斯便这样在山中长大，成了一个平凡的牧羊人。

他正躺在山坡上哼着歌，忽然间，一个帽子上带翅膀的男子出现在了他的面前。帕里斯吓得爬了起来，那男子连忙说：“年轻人，请你别害怕。

我是神使赫耳墨斯，英明的神王宙斯希望你能担任裁判，为我们选出一位最美丽的女神。”

他话音刚落，三位女神就从天而降，轻盈地落在了草地上。帕里斯鼓起勇气，抬头端详这三位女神，只觉得她们周身环绕着神圣的光彩，每一位的脸上都透着说不出的高贵气质。帕里斯的眉头越拧越紧，他越看，越不能确定谁才是最美丽的女神。

突然，赫拉开口了。她是众女神中最高大，也是最有气势的一位。她声音威严地对帕里斯说：“年轻人，如果你将金苹果判给我，那么我将赐予你无上的权力，你将成为世间最伟大的王。”

“可还有比权力更好的东西。”雅典娜突然插嘴，她气质沉静庄严，一开口便令人心生敬畏，“如果你将金苹果判给我，我将赐予你无穷的智慧和勇气，让你成为世间最伟大的英雄，享受无上的荣光。”

听了她们的话，阿佛罗狄忒突然微笑起来，用她那迷人的嗓音轻声说道：“权力和智慧都很好，但我想，世间最迷人的应该是爱情。它太复杂，让人捉摸不透，也让人时时被它吸引。年轻人，如果你选择我，我将赐予你世间最美丽的女子的爱恋，让她成为你的妻子。”

“统治别人的权力我并不需要，靠自己的努力也能成为大英雄，唯独爱情不受人的控制，它也因此牵引着我们的心魂。”帕里斯将金苹果放入阿佛罗狄忒的手中，笑着说，“所以，爱才是最美的。”

“你竟然为了虚无缥缈（piāo miǎo）的爱放弃无上的权力？”赫拉气呼呼地说，“我要让你为这不公正的判决付出流血的代价！”雅典娜也十分不解，这

位冷静的女神有些惊讶地说："你竟然为了一个女人，放弃光荣的道路？真可惜，你的结局也就这样了。"

两位女神离开了，从此，她们不再眷顾帕里斯。而为了表达自己的感谢，阿佛罗狄忒决定暗中帮助帕里斯，并实现自己的诺言。在她的影响下，特洛伊王改变了想法。他将帕里斯召回身边，重新封为王子。很快，帕里斯便被父亲派往希腊。在欢迎宴会上，斯巴达[①]王墨涅拉俄斯热情地接待了他。但帕里斯根本没心情和他聊天，因为他的心已经飞到了宴会的中心。

帕里斯在心里感叹道：多美丽的女子啊！她的脸颊就像玫瑰花一样娇艳，她的双眸如同蓝水晶一般明亮，她的秀发仿佛晨光一般耀眼。啊，她的微笑！她的微笑就像世间最醇(chún)厚的美酒，让人不禁沉醉其中。

站在大厅中央的是斯巴达王的妻子海伦，她是希腊的明珠，是世界上最美丽的女人。在海伦还是少女的时候，她的魅力就征服了希腊，所有

---

①斯巴达：古希腊的城邦之一。

的英雄和王子都渴望得到她的垂青。追求者们谁也不服谁，最后他们一致决定，让海伦自己选择丈夫。

最后，海伦嫁给了英俊的墨涅拉奥斯。夫妻俩恩爱无比，一直甜蜜地生活着。海伦从未怀疑过自己对丈夫的爱，可现在，她的目光却迟迟不能从丈夫身边的青年身上移开。她和帕里斯彼此注视着，就好像世界上只剩下他们两个人一样。

等到黑夜降临，海伦忽然觉得内心生出了一股无法言说的冲动，驱使着她迈开双脚，缓缓走到窗前。她拉开垂幔(màn)，一眼便望见了帕里斯。青年正站在她的窗下，痴痴地望着她。

云端的阿佛罗狄忒看着这一切，再次驱动法力，让两人的命运彼此靠近。

帕里斯不受控制地说：“我是帕里斯，请你和我一起走。”

海伦也像着了魔似的回答道：“我是海伦，我愿意和你一起离开。”

就这样，帕里斯和海伦私奔了，并在特洛伊城成了婚。

斯巴达王被这两个人气昏了头，他找到兄长

阿伽(jiā)门农，请求他发动战争攻打特洛伊，夺回自己的妻子。阿伽门农很快便组织起十万大军，率领一千一百八十六条战船，浩浩荡荡地奔赴特洛伊。众神也纷纷加入了这场混战，借人类的战场展开了对决。因着金苹果的缘故，天后赫拉和雅典娜选择帮助希腊人，阿佛罗狄忒则站在了特洛伊人的一方。随后，其他的天神也加入了战局，海神波塞冬与匠神赫淮斯托斯支持希腊一方，而战神阿瑞斯与阿波罗姐弟等神明则选择支持特洛伊一方。他们在暗中较劲，以神明之力影响着人类的命运。

至此，不和女神的金苹果终于从天界滚到了人间，那场未能爆发的纷争在人间继续酝酿(yùn niàng)，最后变成了人神共同参与的旷世大战——特洛伊战争。

点拨

一颗小小的金苹果引发了三位女神的争斗，改变了一位王子的命运，酿就了一场惊天动地的种族大战。这种小与大、轻与重的强烈反差形成了一种独特的戏剧效果。

阿喀琉斯之踵

虽然金苹果闹出了不小的风波，但阿尔戈英雄珀琉斯与海洋仙女忒提斯还是顺利地结为了夫妻。他们恩爱非常，很快就孕育了一个可爱的男孩，并为他取名叫阿喀琉斯。夫妻俩非常疼爱这个孩子，对他呵护备至。甚至忒提斯还专门求见了命运女神，请求她为阿喀琉斯的未来下一道预言。

“你们生下了一位不凡的英雄，他命中注定要参加一场大战，并为希腊立下赫赫战功。”命运女神缓缓道来，“但这战场也是他的葬身之处，他年轻的生命将会断送于此。”

忒提斯面色苍白，她内心的不安终于应验了。珀琉斯毕竟是人类，虽然自己是神明之身，他们的孩子能够继承不凡的力量，却无法获得神明的不死之躯。一想到可爱的阿喀琉斯会离开自己，无法言说的恐慌就淹没了这位母亲。忒提斯痛苦地闭上了双眼，她想：“不论如何，我一定要保护我的孩子啊！”

小阿喀琉斯不懂母亲的苦心，当他被妈妈放进天火里炙烤时，钻心的疼痛让他号啕大哭起来。

他一边哭泣，一边挣扎，很快就没了力气，只能呜咽着喊妈妈。忒提斯的心都快被他的哭声揉(róu)碎了，但为了保护自己心爱的孩子，她狠下心说："妈妈是为你好啊，小阿喀琉斯，再忍耐一会儿吧。"

天火熄灭后，忒提斯小心地把阿喀琉斯抱回自己身边，把提前准备好的神药涂抹在他的伤口上。原来，天火能够烧去人类的肉体，却无法伤害神明。只要用天火炙烤身体，就能去除阿喀琉斯身体中人类的部分，再加上神药的滋养，那些来自神明的血肉便会迅速恢复，阿喀琉斯最终就能获得不死之躯。

终于，阿喀琉斯的哭声引来了珀琉斯。当这位父亲发现儿子正在烈焰中痛苦地翻滚时，他忍不住惊叫起来，连忙把阿喀琉斯救了出来。此时，天火的锻炼还没有完成，阿喀琉斯的身体虽然已经如神一样刀枪不入，却偏偏在脚后跟留下了一处人类的血肉。

提问

留下的人类血肉会成为阿喀琉斯的致命之处吗？

可不论忒提斯怎么劝说，珀琉斯都不许她再这样折磨儿子了。他用不容拒绝的口吻说道："到此为止吧！阿喀琉斯已经拥有和神差不多的身体了，就这么一小块地方，有什么大不了的？”

“可这是命运，我们没有谁能逃过它的。”忒提斯实在是没有办法了，只能捂着脸绝望地哭诉，“你一定会后悔的！啊，我可怜的阿喀琉斯！”

忒提斯多么希望时间能停下来啊，但阿喀琉斯还是一天天长大了。在人马喀戎的教导下，他学会了各种技能，练就了一身本领。最终，在将领奥德修斯的极力邀请下，他加入了希腊联军，与将士们一同攻打特洛伊。他率领军队打了一场又一场胜仗，先是攻陷了特洛伊人的十二座陆上城市，紧接着又夺取了敌人的十一座海上堡垒。不仅如此，就连特洛伊王子赫克托尔①也败在阿喀琉斯的手下，成了他长矛下的亡魂。连番的胜利让希腊联军士气大涨，他们追逐着逃散的士兵，一路打到了特洛伊城下。

战况已经十分危急，眼看特洛伊城就要被攻破，王子帕里斯顾不得自己的安危，连忙率领剩余的军队抵抗敌军。可希腊联军来势汹汹，在阿

①赫克托尔：帕里斯的哥哥，两人都是特洛伊的王子。赫克托尔死在阿喀琉斯手下后，整个特洛伊都沉浸在悲伤之中，军队的士气大减。

喀琉斯的带领下，他们甚至比平常还要勇猛。

“随我冲锋！”阿喀琉斯举起长矛，他呐(nà)喊声震天，让希腊联军本就高涨的气势更加昂(áng)扬。希腊士兵们呐喊起来，挥舞着长矛和盾牌，如潮水一般涌向了特洛伊城。喊杀声、刀剑声，瞬间便充斥了这方土地。

特洛伊军队很快就被冲乱了阵形。顽强抵抗的士兵被包围过来的敌人杀死了，幸存下来的也被吓破了胆。他们不顾一切地往回跑，希望能躲回坚固的城墙里。眼看就要全军覆没，帕里斯只好下令撤退，可军队已经一片混乱，他甚至无法控制自己的行动，只能随着奔逃的队伍行进。

阿喀琉斯冲在军队的最前方，见特洛伊人掉头逃跑，他立刻命令联军追击敌人。话音未落，他锐利的双目便发现了人群中的帕里斯。这位勇猛的将领立刻策马急追，准备杀死特洛伊的又一个王子，彻底结束这场战斗。

“帕里斯！”阿喀琉斯咆哮道，“受死吧！”

忽然，一道亮光落在战场上，下一秒，太阳神阿波罗便挡在了阿喀琉斯的面前。“狂妄的阿喀琉斯，快退下，攻破特洛伊的荣誉注定不会属于你！”阿波罗怒斥道，“胜利催生了你的骄傲，让你变得狂妄(wàng)自大。我警告你，别在我眼皮子底下违抗神明的旨意！”

也许是打了太多的胜仗，让阿喀琉斯忘记了自己其实还是个凡人。这个骄傲的年轻人竟然将手中的长矛转向了阿波罗，语气不善地说道：“阿波罗，你之前可从我这里救走了不少特洛伊人。现在你最好给我让开，不然，我的长矛就会刺向你了！”

“胆大包天，一个凡人，竟敢向神明示威。”阿波罗怒极反笑，冷冷地说，“身为神明，我不能直接加入战场。但阿喀琉斯，我会让你想起自己的身份的。”说完，亮光一闪，阿波罗便回到了云上。

阿喀琉斯冷笑一声，便调转马头冲向帕里斯。他抬起自己健壮的手臂，将长矛对准了逃窜的王子。死到临头的帕里斯绝望极了，慌乱之中，他忘记了阿喀琉斯的身体刀枪不入，将手上最后一支毒箭搭在弓上，拼尽全力射向了敌人。

“愚蠢的帕里斯！”阿喀琉斯忍不住嘲讽道。

云端的阿波罗注视着这一切，说道：“愚蠢的不是帕里斯，是你这个忘记了自己身份的家伙。”

他伸手一指将法力注入帕里斯射出的箭矢上。毒箭瞬间改变了方向，竟狠狠刺进了阿喀琉斯的脚后跟，将毒素注入了他的身体。

阿喀琉斯的世界一下子安静了，他耳中听不到任何声音，眼前只有帕里斯那狂喜的样子。他的心口传来一阵剧痛，转眼间，这位英雄就像一座被挖空了地基的城堡，轰然倒在了地上。不论是希腊联军还是特洛伊士兵，所有的人都愣住了，忘记了追击，也忘记了逃跑，全都被这个场景惊得说不出话来。

阿喀琉斯一把拔出箭来，呻吟着支撑起身体。“是谁？”他愤怒地挥起长矛，把敌人吓得四散奔逃。阿喀琉斯勇猛不减，但他的动作越来越迟缓，四肢也越来越僵硬，最后只能靠长矛支撑起身体。他吃力地仰起头，仿佛想要呐喊什么，却连张嘴的力气也没有了。

阿喀琉斯彻底地倒下了。

悲痛瞬间笼罩了希腊联军，他们涌向自己的将领，不让敌人夺走他的尸体。将士们将阿喀琉斯的尸身护送回希腊，为他举行了隆重的葬礼。希腊人用温水洗净了他身上所有的尘土与血迹，为他脱下沉重的铠甲，换上了母亲送给他的出征战袍。忒提斯在儿子的身边哭泣着，就连女神雅典娜也忍不住感到悲伤。在神圣的火焰中，阿喀琉斯的血肉化为了灰烬(jìn)，只留下一副骨骸(hái)。最后，人们把阿喀琉斯的遗骸安葬在海岸的最高处，以纪念他辉煌的功绩。

希腊联军的第一勇士就这样结束了他的一生。也许早在他生命的最开始，那小小的脚后跟就预示了他的结局。时至今日，人们仍常常用“阿喀琉斯之踵(zhǒng)”来警醒自己，永远不要忽视任何弱点或小小的漏洞，因为那可能足以致命。

特洛伊木马

特洛伊战争已经持续了九年，不管是一心想要夺回海伦的希腊人，还是只想保卫家园的特洛伊人，双方都有无数英雄将他们的生命留在了战场上。双方顽强地较量着，谁也不肯低头。终于，在战争进入第十年的时候，希腊联军渐渐占据了上风。他们不仅杀死了帕里斯王子，还彻底包围了王城，将特洛伊人逼入了绝境。

你知道吗

特洛伊战争不仅是希腊神话中的重要事件，也是古代历史上文化冲突的重要象征。

不过，希腊联军迟迟没能攻下特洛伊，因为这座雄伟的王城不仅有着世上最坚固的城墙，还有陷入绝境却依然顽强抵抗的士兵。希腊联军的将领们日夜苦思，却想不出任何办法，战争一时陷入了僵局。

就在这时，转机出现了。原来，诸神也厌倦了连年的战争，他们向人间降下神谕，提醒他们结束战争的方法。希腊的预言家卡尔卡斯便将众将领召集起来，向他们宣布了自己听到的消息：“无数的英雄已经用他们的生命证明了，特洛伊城不能强攻，只能智取。”这下可苦了各位英雄，虽说他们都是顶厉害的猛将，可要立马想出一个攻下特洛伊的办法，实在是有些为难。

“我有一计。”最为机智狡猾的奥德修斯发话了，“既然我们攻不进去，那就让特洛伊人自己打开城门吧！”

将领们一下炸开了锅。他们七嘴八舌地议论起来，但所有人的观点都差不多，那就是奥德修斯的脑子不太清醒。一个将领笑着说：“奥德修斯老弟，我们一向都很佩服你的智慧，但你说的怎么可能呢？特洛伊人又不傻，怎么会自己打开门，把他们的敌人放进去呢？”

“他们当然不傻，所以，只要他们不知道放进去的是敌人就行了。”奥德修斯从容解释道，“我们让工匠打造一只巨大的木马，让最勇猛的士兵们钻到它的肚子里去。然后，我们需要选出一个能言善道的勇士，让他扮成被我们抛弃的可怜虫，想办法取得特洛伊人的同情和信任。这个人的责任重大，他需要说服特洛伊人，让他们把木马搬到城里去。等黑夜降临，木马里的勇士趁敌人不注意打开城门，外面的军队及时赶往城门，来个里应外合！”这个计谋实在精妙，众将领听得连连点头，就连最稳重的卡尔卡斯也露出了满意的笑容。

这时，阿喀琉斯的儿子皮尔荷斯说话了。他的神色有些犹豫：“这的确是个妙计，但实在是有些不光彩。身为战士，我们应该在战场上勇敢地同敌人战斗，然后堂堂正正地打败他们。要是人人都这样暗中捅（tǒng）刀子，哪里还有正义可言？神明又怎么会眷顾我们呢？”

“你说的不错，皮尔荷斯。”奥德修斯拍了拍他的肩，劝说道，“但你不要忘了阿喀琉斯是怎么战死的。勇气当然是士兵必须拥有的品质，但计谋也是必要的。我们使用的也并不是什么阴谋诡计，而是高明的智慧。”皮尔荷斯还想反驳，但绝大多数将领已经同意了奥德修斯说的办法，认为应该使用木马计。

所有的希腊士兵都参与到这项计划之中。他们伐来高大的树木，认真地加工着木料。军中的工匠们也都被召集起来，一同设计精巧的木马。一连好几日，希腊人都没有出兵。特洛伊人不清楚他们的计划，还在为难得的休息时间感到庆幸。

木马很快就打造完毕，勇敢的皮尔荷斯率先钻进了马肚子里，其他的英雄紧跟其后。最后一个进去的是奥德修斯，他向外面的战友们挥了挥手，便关上了暗门。这下，木马看起来就像一个精美的艺术品，任谁也想不到，马肚子中竟然暗藏杀机！

接着，希腊联军在统帅阿伽门农的指挥下烧毁了营地，然后一个接一个登上了战船。他们迅速驶离了海岸，在离特洛伊不远的一处小岛上驻扎下来，只等木马中的伙伴发来信号。

很快，敌军营地上的阵阵浓烟就吸引了特洛伊人，他们派出斥候（hòu）①察看，惊讶地发现这里已经空无一人。曾经喧哗（xuānhuá）的战场寂静无声，只剩下一堆烧焦的残渣。斥候们报回消息，城中便派出更多的士兵，在希腊营地的废墟（xū）中扫荡起来。结果，除了一只巨大的木马，他们什么也没发现。

特洛伊人好奇极了，他们把这只古怪的木马团团围住，商量着该怎么处理它。

“整个营地都烧完了，却剩了只木马在这里，

---

①斥候：侦察兵。

要不咱们把它也一把火烧了吧！”

“这东西这么大，烧起来得多久啊！不如咱们把它推到海里。”

“要我说，希腊人撤军了，咱们要不就把这东西拖到城里，当成是战利品吧！”

他们七嘴八舌地说着，马肚子里的勇士们越听越心惊，担心他们还没来得及执行计划，就被这群家伙这样打发了。就在这时，一队士兵押着一个希腊士兵走了过来。原来，这个士兵就是希腊联军挑选出来的间谍（dié），名叫西农。此时，他穿着破破烂烂的军装，鼻涕眼泪糊了满脸，正不停地打着战，看上去可怜极了，哪里还有原本精明能干的样子！

特洛伊人审问他，西农却做出一副吓破胆的样子，只会颠来倒去地让他们饶了自己。直到特洛伊人把剑架在他的脖子上，他才眼泪鼻涕不顾地哭喊道：“谁能救救我？希腊人不要我了，特洛伊人也要杀了我！”这下可勾起了特洛伊人的好奇心，他们连忙追问西农是怎么回事。

“这，这木马是要献给雅典娜女神的。”西农突然不结巴了，他小声地说，“希腊联军原本一直受到雅典娜女神的庇护，但因为我们的主将太过狂妄，冒犯了雅典娜女神，她就不再庇护我们了……没有她的帮助，我们就攻不下特洛伊。但是，女神依然很愤怒，一定会在路上惩罚我们的。这只木马就是要献给女神的礼物，希望她能平息怒火，重新庇护我们。他们故意把木马做得这么大，就是为了避免特洛伊人把它拖进城里。因为要是木马到了特洛伊城，女神可能就会庇护你们了。”

他猛地吸了一下鼻涕，又挤出了几滴眼泪，可怜巴巴地说：“但可恶的奥德修斯竟然说，要用活人当祭品，把人和木马一起用火点燃，才能彰显希腊人对女神的虔诚。他们看我年纪小，好欺负，就把我绑起来，丢在了木马下面。要不是我机灵，挣脱绳索阻断了火势，现在我就是一块焦肉了！”

他的控诉是那么真切，在场的每一个特洛伊人都不由得生出了一点儿同情。他们把西农带回城内，国王听了他的话，也觉得他有些可怜。不过，国王更在意那只木马。要是把它运到特洛伊来，或许就能为这座城市带来女神的眷顾呢！

于是，他下令让士兵将木马迁(qiān)入城中。为了保持木马的完整，特洛伊人甚至在坚固的城墙上拆了一个洞，作为木马入城的通道。城内的工匠奉命为木马装上了轮子，好让这个庞然大物能够平稳地移动。

听说希腊人被赶走了，特洛伊人都走出家门，来围观这个了不得的战利品。每一个特洛伊人都沉浸在胜利的喜悦之中，他们拿出了所有的美酒，直接在广场上开起了庆典。男女老少手拉着手，围着木马跳起了庆祝的舞蹈，唱起了胜利的欢歌。

夜深的时候，烂醉如泥的特洛伊人全都沉沉睡去了，做着和平与幸福的美梦，丝毫不知道危险正在降临。

装作喝醉的西蒙眯着眼睛，观察了一会儿。确定没人注意后，就一路小跑到木马旁边，轻轻敲了三下。一接到暗号，希腊的勇士们便打开暗门，从木马中冲了出来。他们迅速控制了广场，并在城中四处放火。顷刻间，特洛伊城就成了一

片火海。小岛上的希腊联军一看到火光，便立刻整队出发，向特洛伊城逼近。不一会儿，希腊士兵就像潮水一样，从城墙的缺口涌入了特洛伊城，在城中大肆破坏着。不少特洛伊人在烈焰中丧生，只有极少数的幸存者逃了出来，但他们已经永远地失去了自己的故乡。

持续了十年的特洛伊战争就这样结束了。斯巴达王墨涅拉奥斯带走了海伦。希腊人则带走了城中还活着的特洛伊人，把他们充作奴隶。特洛伊人的财宝被洗劫（jié）一空，统统被搬上了希腊人的战船。

点拨

特洛伊的木马计扭转了战局，它是希腊人民智慧的结晶，也给后人留下了面对未知要始终保持警惕的人生警示。

希腊人踏上了归家的旅途，神话时代也在此画上了句号。因为世间不会再有不凡的英雄了，他们已经将自己全部的热血洒在了特洛伊的战场上了，再难有人类像他们一样强大。神明也厌倦了纷争，从此以后，他们回到了高高的奥林匹斯山上，不再轻易插手人类的事务，只静静地看着人世间。